Dietrich Schilling, Jahrgang 1945, hat nach seinem Germanistik-Studium fast 40 Jahre lang als Hörfunk-Redakteur beim NDR gearbeitet. Er ist verheiratet und lebt als freier Autor in Hamburg.

Stephan Zörnig, Jahrgang 1947, hat in Hamburg als Lehrer am Gymnasium gearbeitet. Er reist gern und spielt Rock'n'Roll.

Ein Baum mit Charakter

14 neue, ungewöhnliche Weihnachtsgeschichten

1. Auflage Oktober 2020
Copyright © 2020 Dietrich Schilling. Alle Rechte vorbehalten.
Herstellung und Verlag: BoD - Books on Demand, Norderstedt
Umschlaggestaltung, Satz und Layout: Christian Fillies
Illustrationen: Stephan Zörnig
Printed in Germany
ISBN: 9783751921367
Mehr auf: www.dietrichschilling.de

Dietrich Schilling

Ein Baum mit Charakter

14 neue, ungewöhnliche Weihnachtsgeschichten

Mit Illustrationen von
Stephan Zörnig

Inhaltsverzeichnis

Ohne Ausweis

Herr Ohnesamt ist Postbeamter. Seit 36 Jahren. Die letzten 29 in ein- und demselben Gebäude. Da kennt er jeden Drehstuhl und jede Schublade. Jeden einzelnen Tag hat er gerne gearbeitet. Jede Briefmarke würde er im Schlaf finden. Und wenn man ihn fragen würde, wie viele Kollegen er in den 36 Jahren gehabt hat und wie sie alle heißen: er wüsste es. Es gibt nichts, was er nicht erlebt hat in den 36 Jahren.

So dachte er. Bis zu diesem Heiligabend.

Mehr als sonst freute er sich auf die freien Tage, auf das gute Abendessen nach dem Kirchgang und das Ausschlafen an den Feiertagen. Denn in diesem Jahr war die Weihnachtszeit besonders anstrengend. Er hatte den Eindruck, als habe die ganze Stadt nichts anderes zu tun gehabt als Pakete zu packen. Und als seien sie allesamt bei ihm persönlich abgeliefert oder abgeholt worden.

Draußen war es grau geworden; es sah nach Schnee aus. Ohnesamt stand hinter dem Tresen und begann von Weißer Weihnacht zu träumen.

Da betrat um kurz vor zwölf noch eine junge Frau das Postamt. Entschlossen schritt sie auf Ohnesamt zu, wobei ihre Absätze laut auf die Steinfliesen knallten. Als sie vor ihm stand, begann sie, ohne zu grüßen, in ihrer Handtasche herumzuwühlen.

„Moment!", sagte sie, „irgendwo muss er sein."

Herr Ohnesamt war geduldig. „Immer mit der Ruhe!", sagte er und lächelte. Doch das war nur ein frommer Wunsch. Denn je länger die Frau suchte, desto nervöser wurde sie. „Scheiss-Wisch!", fluchte sie. Doch dann hatte sie ihn. Sie schob ihn, zerknittert wie er war, auf den Tresen.

„Abholen!"

Herrn Ohnesamt gefiel dieser etwas ruppige Ton gar nicht. Aber er schluckte ihn hinunter und strich den Zettel glatt, um ihn besser lesen zu können.

„Darf ich einmal Ihren Ausweis sehen?", bat er dann.

„Wieso Ausweis? Wozu hab ich denn den Wisch da?"

Herr Ohnesamt schluckte wieder, ohne dass es zu hören war, und entgegnete: „Sie müssen sich ausweisen. Das ist Vorschrift. Seien Sie so nett und zeigen Sie mir Ihren Ausweis."

„Also jetzt krieg' ich aber die Krise", sagte die Frau und stützte sich mit beiden Armen auf dem Tresen ab. „Wo sind wir denn hier?"

„Tut mir leid!" Herr Ohnesamt bemühte sich ruhig

zu bleiben. „Ich darf Ihnen nichts aushändigen, ohne Ihren Ausweis gesehen zu haben. Sie müssen sich identifizieren. Das ist, wie gesagt, Vorschrift."

„Aber ich wohne direkt um die Ecke. Wiesendamm 10."

Herr Ohnesamt zuckte bedauernd mit den Achseln und schwieg. Und die Kundin begriff, dass Ohnesamt hart bleiben würde.

„Okay", sagte sie, „Sie haben Ihre Vorschriften!" Sie lachte, als sie ‚Vorschriften' sagte; es klang wie ein Auslachen. Ein herablassendes, ein gemeines. „Dann lauf ich eben rüber und hol das Ding. Aber dass Sie dann noch da sind! Ich brauch das Paket!"

„Um 12 schließen wir", sagte Ohnesamt so freundlich wie möglich. „Aber das schaffen Sie bestimmt!" Gegen seine Überzeugung nickte er ihr aufmunternd zu.

Um 12 war die Kundin noch nicht zurück. Auch um 10 nach 12 nicht. Jetzt wurde Herr Ohnesamt doch ein wenig ungeduldig. Er hatte längst seine Sachen gepackt und wollte gerne gehen. Als er durch die große Scheibe guckte, bemerkte er, dass es tatsächlich zu schneien begonnen hatte. Aber von der Kundin war nichts zu sehen. Was sollte er tun?

„10 Minuten noch!", beschloss er für sich und schaute in das Schneetreiben. Der Gehweg war schon weiß, auch auf der Straße blieb der Schnee liegen. Ohnesamt freute sich darüber; das Weiß erhöhte seine weihnachtliche Vorfreude ganz erheblich. Draußen liefen zwei Kinder mit einem Schlitten vorbei. Na, wenn das schon geht, sagte sich Ohnesamt und schaute beiläufig auf seine Armbanduhr. Kurz vor halb eins! Er stöhnte auf und sah zur Kontrolle auf die große Uhr über der Tür: kurz vor halb eins. Jetzt ist's genug, dachte Ohnesamt und gestattete sich einen leichten Anflug von Ärger. Dann zog er sich den Mantel über, trat aus dem Gebäude und schloss die Tür hinter sich ab. Er war der letzte.

Draußen blieb er noch einmal stehen. Nein, es war nichts zu sehen von ihr. Langsam ging er los. Schaute sich immer wieder um. Bis er sein Postamt im dichten Schneetreiben kaum noch sehen konnte. Da meinte er plötzlich, die Frau zu erkennen, wie sie vor der Tür stand. Und es schien ihm, als schlüge sie mit den Fäusten dagegen. Ohnesamt zögerte kurz. Nein, jetzt nicht mehr! Er hatte lange genug gewartet! Entschlossen schritt er voraus und erreichte bald sein gemütliches, warmes Zuhause.

Doch als er neben der Heizung in seinem Sessel saß, durch das Fenster draußen die dichten Schneeflocken herabsinken sah und die Zeitung aufblätterte, fiel ihm die Frau wieder ein. Wiesendamm 10, hatte sie gesagt,

Das war nicht weit entfernt vom Postamt. Aber dass sie den Nerv gehabt hatte, ihn so lange warten zu lassen, das war nicht nett! Ohnesamt blätterte eine Seite um und bemerkte plötzlich, dass er die vorherige überhaupt nicht gelesen hatte. Die Frau ohne Ausweis ging ihm einfach nicht aus dem Kopf. Vielleicht wartete sie auf etwas besonders Schönes, das in dem Paket war. Vielleicht. Aber diese Unfreundlichkeit!

Ohnesamt konnte sich nicht mehr auf die Zeitung konzentrieren. In seinem Kopf hatte sich etwas festgesetzt, das er nicht heraus schütteln konnte.

Was wäre, wenn er noch einmal zurück ins Postamt ginge und das Paket in den Wiesendamm 10 trüge? Den Ausweis könnte er sich auch dort zeigen lassen. Wäre das mit seinen Dienstvorschriften zu vereinbaren? Könnte man ihm einen Vorwurf machen?

Ach was, dachte Ohnesamt, Heiligabend! Das ist ein ganz besonderer Tag. Den kann man nicht mit normalen Maßstäben messen, schon gar nicht mit denen von der Post. Aber dann fiel ihm ihr gemeines Lachen wieder ein, und wie sie ihn mit seinen ‚Vorschriften‘ lächerlich gemacht hatte. Allerdings hatte er da seinen Mantel schon halb angezogen und wollte nicht mehr zurück.

Die Schneedecke war bereits erstaunlich hoch; die wenigen Autos, die noch herumfuhren draußen, schlichen sehr langsam vor sich hin. Es war, als käme alles zu einer wunderbaren Ruhe. Genau so musste es sein am Heiligabend. Ohnesamt atmete tief ein. Herrlich!

Und als er die Tür zum Postamt aufschloss, war es ganz anders als sonst. Drinnen war alles still. Es hatte etwas Geheimnisvolles, Einzigartiges. Schnell huschte er in den Raum mit den Paketen, die nicht mehr abgeholt worden waren. Es waren nicht viele, und das, das in den Wiesendamm 10 sollte, hatte er bald entdeckt. Er klemmte es sich unter den Arm.

3 Minuten später klingelte er am Haus im Wiesendamm.

„Ja?", bellte es aus dem Lautsprecher dicht neben der Klingelleiste. Ohnesamt erkannte den unangenehmen, ruppigen Tonfall sofort. Aber er wusste, was er tun musste. „Der Weihnachtsmann!", sagte er, „hier ist der Weihnachtsmann!"

„Ach, nee!", hörte er, „wenn Du der Weihnachtsmann bist, bin ich Maria!"

Aber dann schnarrte es. Ohnesamt drückte die Tür auf und betrat das Treppenhaus. Langsam stapfte er die Stufen in den 2. Stock hinauf. Weihnachten muss man stapfen, dachte er und freute sich über etwas, das er gar nicht hätte benennen können.

Genau so plötzlich, wie der Schnee die Welt draußen verändert und weihnachtlich gestimmt hatte, so wirkte jetzt auch Ohnesamt auf die Frau. Sie stand in der geöffneten Tür und kriegte den Mund nicht mehr zu. „Jesses Maria!", sagte sie.

„Haben Sie schon gesagt", antwortete Ohnesamt und freute sich über seine Schlagfertigkeit.

„Moment, ich hol' meinen Ausweis!"

Ohnesamt wartete.

"Kommen Sie doch rein!", rief die Frau.

Aber das wollte er nicht. Damit wäre die Seriosität weg gewesen. Außerdem dauerte es keine 5 Sekunden, und die Frau war wieder da.

„Hier, bitte, mein Ausweis." Sie war etwas atemlos. Aber nicht wegen der wenigen Schritte, die sie gegangen war.

Ohnesamt warf einen kurzen Blick auf den Ausweis und überreichte das Paket.

„Fröhliche Weihnachten!", sagte er.

„Jetzt ganz bestimmt!", sagte sie. „Vielen, vielen Dank!"

Und dann stellte sie eine Frage, nein: zwei Fragen, die alles wieder gut machten: „Sind das wirklich die Vorschriften der Post? Oder sind das Ihre ganz privaten?"

Ohnesamt hätte nicht gedacht, dass sie so dankbar lächeln konnte. Und in einem alles andere als ruppigen Ton wünschte sie auch ihm fröhliche Weihnachten.

Auf dem Weg nach Hause genoß Ohnesamt jeden

Meter. Wie wunderbar sah die Welt im Schnee aus! Bei jedem Schritt hätte er jubilieren können.

Schöne Bescherung

Der Himmel hing wie ein schweres, graues Tuch über der Stadt. Seit Tagen sah es nach Schnee aus; es war kalt. Aber es fiel keine einzige Flocke. Und als die beiden Kinder am Morgen des Heiligen Abends aus dem Fenster guckten und der Himmel genauso aussah wie in den Tagen davor, waren sie tief enttäuscht.

Schon lange hatten Marei und Ida sich auf die Weihnachtstage bei ihrer Oma gefreut. Vor allem auf die große Wiese hinter dem Haus, auf der man so wunderbar Schlitten fahren konnte. So war es jedenfalls in den vergangenen Jahren, in denen es immer geschneit hatte. Manchmal lag die weiße Pracht so hoch, dass die Schlitten kaum ins Rutschen kamen. Aber schon nach wenigen Abfahrten entstand eine Spur, die immer breiter und fester wurde. Und bald fuhren die Schlitten so schnell, dass die Kinder nicht genug davon kriegen konnten und erst wieder ins Haus kamen, wenn es dunkel wurde und sie kaum noch etwas erkennen konnten.

Für die Fahrt zur Oma hatten die Eltern der Mädchen

Sitzplätze im ICE reserviert, einen Tisch, an dem man zu viert sitzen und spielen konnte. Aber als sie auf dem Bahnsteig standen und der Zug kommen sollte, wurde eine Verspätung angezeigt. 20 Minuten!

„Schöne Bescherung!", sagte ihr Vater unwillig.

Seine Frau schaute auf die Bahnsteigsuhr. „Kriegen wir noch den Anschluss?"

„Kommt drauf an."

Als alle ziemlich durchgefroren waren, kam endlich der Zug. Er war brechend voll und hatte bereits mehr als 20 Minuten Verspätung.

„Was spielen wir zuerst?", fragte Marei, das ältere der Mädchen, als sie alle saßen.

„Och nee, lass uns erstmal die Zeitung lesen", sagte ihre Mutter. „Wollt Ihr nicht was malen?" - „Immer malen!", sagte Marei und schmollte.

Der Zug glitt durch die Landschaft. Am Fenster zogen Wiesen und Wälder vorbei, die jedoch nur schemenhaft aus dem Grau da draußen hervorstachen. Trotzdem guckten die Mädchen immer wieder hinaus in der Hoffnung auf Schnee. Und wenn sie einmal nicht hinaus guckten, dann schauten sie nach oben, zur Gepäckablage, wo ihre Eltern die Tasche mit den Geschenken verstaut hatten. Sie wirkte wie ein Magnet, dem man aber nicht zu nahe kommen durfte.

„In 5 Stunden ist Bescherung", sagte Marei, die

schon die Uhr lesen konnte. Ida nickte, ohne sich unter
‚5 Stunden' etwas vorstellen zu können. Sie wusste nur:
es war noch sehr lang.

Plötzlich verminderte der Zug seine Geschwindig-
keit, und nachdem er eine Weile vor sich hin geschli-
chen war, beinahe zögerlich, als wisse er nicht, ob er
anhalten oder weiterfahren solle, kam er endlich zum
Stehen. Die Mutter sah den Vater an, der Vater schwieg.
Die Gespräche der Fahrgäste verstummten. Und alle
hatten plötzlich dieselbe Frage im Kopf: würden sie ihr
Ziel noch rechtzeitig erreichen? Würden sie den Heiligabend so feiern können, wie sie es geplant hatten?

Bald kamen die ersten Kommentare. „Die Deut-
sche Bahn macht es mal wieder spannend!" und „Der
Lokführer muss noch ein Geschenk einkaufen." Je
länger der Zug da wie festgefroren in der Landschaft
stand, desto lauter und ärgerlicher wurden sie. Erst als
ein Knistern in den Lautsprechern zu vernehmen war,
wurde es mucksmäuschenstill. Alle warteten gespannt
auf die Durchsage. Was man hörte, war aber nur ein
unverständlicher Dialog zwischen einer Männer-
und einer Frauenstimme, die sich über irgendetwas
nicht einig werden konnten. Bis die weibliche Stimme
sagte: „Ich glaub, das Mikro ist an!" Dann hörte man
es rascheln, dann ein Knacken im Lautsprecher, und
dann waren die Stimmen weg. Niemand lachte.

„Schöne Bescherung!", sagte der Vater nochmals und guckte auf seine Uhr.

„Den Anschluss schaffen wir bestimmt nicht mehr", ergänzte die Mutter fragend. Und die Kinder schauten verunsichert.

„Aber Oma wartet auf uns!"

Plötzlich gab es einen Ruck. „Na, geht doch!", kommentierte jemand. Doch der Zug rollte nur ein paar Meter, und nach wenigen Sekunden blieb er wieder stehen.

Wie auf ein unsichtbares Zeichen hatten auf einmal viele ihr Handy in der Hand und googleten nach Fahrplänen.

„Ich hab Hunger", sagte Ida. Froh, etwas tun zu können, packten die Eltern aus, was sie an Proviant für unterwegs mitgenommen hatten: Obst, Müslistangen, Saft.

Bis es kurz darauf wieder im Lautsprecher knackte und die männliche Stimme zu hören war.

„Sehr geehrte Fahrgäste, auf Grund einer technischen Störung können wir im Augenblick unsere Fahrt leider nicht fortsetzen. Bitte haben Sie etwas Geduld!"

„Etwas?", amüsierte sich ein junger Mann.

„Geduld?", empörte sich ein anderer.

Zwei Studentinnen kicherten und ernteten erzieherische Blick von einem älteren Herrn.

Das Grau draußen war inzwischen noch grauer geworden; ein Haus oder eine Siedlung weit und breit nicht zu sehen. Kein Licht. Keine Laterne, kein Autoscheinwerfer, nichts! Und genau so war es im Waggon, in dem alle Lämpchen und Leuchten wie auf Kommando ihre Arbeit eingestellt hatten. Es war, mit einem Wort, trostlos.

Der junge Mann, der es nicht aushalten konnte, einfach nur zu warten, sprang entschlossen auf: „Möchte noch jemand einen Kaffee?" Er machte sich auf den Weg zum Speisewagen, kam aber schneller zurück als gedacht. „Es gibt nur noch kalte Getränke; die haben auch keinen Strom."

Bald wurde es merklich kühler im Wagen; die Heizung funktionierte natürlich auch nicht mehr.

„Wann fahren wir weiter?", quengelte Marei.

„Woher soll ich das wissen", sagte ihre Mutter.

Einige Leute waren aufgestanden, wanderten ziellos auf dem Gang hin und her, unterhielten sich und machten ihre Witze über die Bahn. Besonders lustig waren die aber nicht. Der ältere Herr fragte laut nach der Schaffnerin, erntete aber nur höhnisches Gelächter.

„Hat jemand Feuer?", erkundigte sich der junge Mann. Es raschelte, und nach ein paar Sekunden flammte ein Feuerzeug auf. Kurz darauf brannte ein Teelicht. Es steckte in einem Glas mit weihnachtlichen

Motiven: Tannenbaum, Engel, Schlitten. Der junge Mann hatte es direkt vor Marei und Ida auf den Tisch gestellt.

„Oh, wie schön!", staunte Marei. Das kleine, einsame Lichtlein tanzte und wiegte sich in dem Halbdunkel sanft hin und her. Nach einer Weile schien es aus irgendeinem Grund immer stärker zu leuchten.

Eine der Studentinnen kramte in ihrer Reisetasche herum und zog eine Tupper-Dose heraus. Darin waren Kekse mit rosa und weißem Zuckerguss. „Bitte, bedienen Sie sich!", forderte sie auf und stellte die Dose neben das Lichtlein.

„Ich hab' noch Stollen", sagte der ältere Herr.

So begann es. Innerhalb weniger Minuten hatte sich die Stimmung im Waggon völlig verändert. Rund um den Tisch mit dem Teelicht gedrängt standen plötzlich etliche Fahrgäste und sprachen so lebhaft miteinander, als hätten sie sich nach langer Zeit zum ersten Mal wiedergesehen. Auf dem Tisch um das Teelicht herum drängelten sich - neben den Zuckerguss-Keksen und dem Stollen - noch viele andere Süßigkeiten. Und die Verspätung, die immer größer wurde, war vergessen.

Je länger der Zug stand, desto öfter tuschelten die Eltern miteinander. Ab und zu guckten sie heimlich nach oben, zur Gepäckablage. Und nach einer Weile waren sie sich einig. Die Mutter erhob sich, griff nach der Tasche mit den Geschenken, öffnete sie und kramte ein Päckchen hervor. „Fröhliche Weihnachten, ihr beiden!" Marei und Ida wussten zuerst nicht, was sie davon halten sollten, doch dann rissen sie das Geschenkpapier auf. Eine Spieluhr! Sie spielte „Oh Tannenbaum", und nach und nach, zuerst zurückhaltend, bald lauter, sangen immer mehr Reisende mit.

Dann knackte es wieder im Lautsprecher, alle hielten erwartungsvoll die Luft an. „Sehr geehrte Fahrgäste, wir müssen Sie noch um etwas Geduld bitten ..." Der Rest der Ansage war nicht mehr zu verstehen, weil alle so laut lachten.

Als das Lachen leiser wurde, hörte man es plötzlich erneut singen: zwei Stimmen. Zuerst leise und vorsichtig, als wollten sie prüfen, ob sie gewünscht werden. Und dann, als sie bemerkt hatten, dass es ganz still geworden war um sie herum, immer zuversichtlicher und mit zunehmender Freude. „Schneeflöckchen, Weißröckchen". Die beiden Studentinnen! Sie hatten klare, wunderschöne Stimmen. Und als sie mit der zweiten Strophe begannen - „Komm, setz dich ans Fenster" -, fielen auch diesmal nach und nach die anderen mit ein. Nicht alle klangen so schön wie die Studentinnen. „Ich habe seit 50 Jahren nicht mehr gesungen", sagte der ältere Herr und strahlte, während er immer lauter wurde. Mindestens einen halben Ton zu tief, aber voller Freude.

Und dann überstürzten sich die Ereignisse.

Zuerst betrat, so ängstlich wie unerwartet, die Schaffnerin den Wagen. Sie war auf das Schlimmste gefasst, denn der Zug hatte schon weit mehr als eine Stunde Verspätung, und wie es weitergehen und was sie den Fahrgästen sagen sollte, wusste sie nicht. Sie schämte sich zutiefst, ein weiteres Mal die abgenutzten Entschuldigungen zu gebrauchen. Sie rechnete damit, von erbosten Passagieren beschimpft zu werden. Doch dann blieb sie mit offenem Mund in der automatischen Tür stehen. Denn kaum einer von den Reisenden saß noch auf seinem Platz, und keiner warf ihr böse Blicke entgegen. Fast alle drängelten sich in der Mitte des Wagens, wo Marei und Ida mit ihren Eltern saßen, und sangen aus vollem Halse. Soweit sie erkennen konnte, waren alle bester Laune.

Nur ein einziger hatte sie bemerkt: der junge Mann. Er lief sofort auf sie zu. Doch anstatt sie lauthals verantwortlich zu machen für die immer größer werdende Verspätung und die zunehmende Kälte im Waggon, ergriff er ihren Arm, zog sie hin zum Tisch und reichte ihr die Tupper-Dose mit den rosa und weißen Keksen. Zaghaft nahm sie einen und steckte ihn in den Mund. Und ohne es zu ahnen, machte sie allen, die da schon so fröhlich Weihnachten feierten, ein wunderbares

Geschenk. Aus lauter Verlegenheit, und weil sie sonst nichts zu sagen wusste, sagte sie nämlich: „Es schneit!"

Niemand von den Fahrgästen hatte bemerkt, dass tatsächlich, zuerst vereinzelt, dann immer mehr dicke Schneeflocken vor den Fenstern herabschwebten. Wahrscheinlich, weil sich alle um das Lichtlein herum geschart hatten, um das trostlose Grau draußen nicht mehr sehen zu müssen.

Marei und Ida sprangen wie elektrisiert auf ihre Sitze und pressten ihre Nasen an die Fensterscheiben. Und als sie sahen, dass der Acker draußen schon ganz weiß war, und dass vor lauter Schneetreiben fast nichts mehr zu erkennen war, konnten sie sich kaum lassen vor Freude. Noch einmal begannen sie laut und voller Begeisterung das Lied von vorne zu singen: „Schneeflöckchen, Weißröckchen", und noch während der ersten Strophe mussten sich alle, die da standen, ganz plötzlich irgendwo festhalten, um nicht das Gleichgewicht zu verlieren. Denn es hatte einen Ruck gegeben, einen kräftigen Ruck. Der Zug fuhr wieder, gleichmäßig beschleunigend und immer schneller, und die Schaffnerin suchte in ihrem Computer schon die Anschlusszüge heraus.

Der Feigling

Jakob war ein Glückskind. Er lebte in einer Zeit, in der es nicht viel zu essen gab. Vor allem nichts Gutes. Aber was es gab, das bekam er. Seine Eltern hatten den Krieg überstanden, und für sie waren nicht Essen und Trinken von Bedeutung, sondern zu leben. Sie freuten sich an ihrem Sohn, der für sie das Zeichen eines neuen Anfangs war nach sechs furchtbaren Jahren. Sie pflegten ihn, als hinge das Gelingen der neuen Zeit von seinem Wohlergehen ab.

Jakob wusste das nicht. Er lebte in den Tag hinein. Und wie es mit allen Kindern zu allen Zeiten ist: auch ihn beherrschten die alltäglichen, die kleinen Sorgen.

Wie alle Kinder hatte sich Jakob auf die Adventszeit gefreut. Die hatte er immer bei seinen Großeltern gelebt. Und die hatten bunte Transparente aufgestellt mit einer Kerze dahinter, und wenn das Licht schien, konnte man die Geschichte von der Geburt Jesu darauf erkennen. Die Großmutter kramte alte Blechdosen von den Regalen im Keller und füllte sie mit selbst gebackenen Plätzchen. Und der Großvater streifte mit Jakob durch die Wälder und erzählte ihm von den Tieren, die sich zum Winterschlaf gelegt hatten, kurz bevor der erste Schnee vom Himmel fiel.

Daran erinnerte sich Jakob ganz genau. Aber er wusste auch, dass es damit in diesem Jahr nichts würde. Seit dem Sommer wohnte er in einer anderen Stadt, weit weg von den Großeltern. Da war kein Wald in der Nähe, und im Keller hatten sich keine Dosen angesammelt. Seine Mutter bastelte zwar Sterne aus Stroh und sang Lieder mit ihm, aber das nahm Jakob kaum wahr. Ihn beschäftigte etwas ganz Anderes. Zum ersten Mal in seinem Leben hatte er einen Streit, der nicht am Abend desselben Tages beendet war.

Mit dem Umzug in die andere Stadt hatte Jakob auch die Schule gewechselt. Die neue hieß „Concordia"-Schule; das ist lateinisch und bedeutet „Eintracht" oder „Frieden" oder „Gemeinsamkeit". Aber für die Kinder, die diese Schule besuchten, schien das nicht unbedingt eine Verpflichtung zu sein. Das merkte Jakob schon in den ersten Pausen, als die Jungen nicht, wie Jakob es gewohnt war, in den Wald neben dem Schulgebäude liefen und über den Bach sprangen, sondern sich gegenseitig Beinchen stellten und in den Schwitzkasten nahmen. Dabei fiel Jakob besonders ein kleiner, etwas dicklicher, aber sehr zäher Junge mit Namen Helmut auf. Der stürzte sich auf immer neue Opfer. Und Jakob schien es, als mache es Helmut Freude, wenn er jemand weh tun oder sogar zum Weinen bringen konnte.

Als Helmut ihn nach dem Unterricht aufforderte, gemeinsam nach Hause zu gehen, weil sie nicht weit voneinander entfernt wohnten, hätte er das am liebsten abgelehnt.

Und als sie nicht die Lorettostraße entlanggingen, sondern, wie Helmut behauptete, eine Abkürzung und in eine schmale, kopfstein-gepflasterte Gasse einbogen, die sich durch ein Industriegelände schlängelte, wäre Jakob am liebsten ohne seinen Klassenkameraden weitergegangen, zurück und doch die Lorettostraße entlang. Aber dazu fehlte ihm der Mut, wohl auch deshalb, weil er sich von Helmut genau beobachtet fühlte. Also trottete er mit widerstrebenden Gefühlen hinter Helmut her. Die enge Straße zog sich zwischen hohen Mauern entlang, hinter denen Maschinen-gestampfe und metallene Werkzeugklänge zu hören waren. Wohnhäuser gab es keine in dieser Gegend. Alle hundert Meter stand eine Gaslaterne am Straßen-rand. Und eine von diesen Gaslaternen wurde zum Ausgangspunkt des schlimmen Streites zwischen Jakob und Helmut.

Jakob war aufgefallen, dass Helmut sich immer wieder umblickte, als wolle er sichergehen, dass niemand außer ihm selbst und Jakob in der Nähe war.

Dann, plötzlich, zog er etwas aus der Hosentasche, schrie „lauf!", holte aus, warf irgendeinen Gegenstand in die Luft und lief selbst, so schnell er konnte, um die nächste Ecke. Zuerst begriff Jakob gar nicht, was geschah; aber als er Glas zerspringen hörte und hinter ihm Scherben auf das Kopfsteinpflaster klirrten, lief auch er los, konnte Helmut aber nicht mehr einholen. Er sah nur noch, wie der ihm von weitem zuwinkte und irgendetwas rief. Aber das konnte er nicht verstehen. Hätte er es verstanden, wäre er sehr unglücklich gewesen. So hatte er wenigstens an diesem Nachmittag noch Ruhe.

Mit der Ruhe war es aber vorbei, als sich die beiden Jungen am Tag darauf wieder trafen. „Die nächste Laterne ist deine!", sagte Helmut nämlich. Nein, er sagte es nicht, er befahl es, und Jakob wurde ganz übel dabei. Warum sollte er eine Gaslaterne kaputt schmeißen? Er musste sehen, dass er nach der Schule möglichst schnell aus der Klasse kam und von Helmut unbelästigt nach Hause gehen konnte, die breite Lorettostraße entlang.

Als es klingelte, packte er schnell seine Sachen. Aber Helmut grinste ihn an und forderte ihn, ohne ein Wort zu sagen, nur mit einem Blick auf mit ihm den Weg durch das Industriegelände zu nehmen, über die Kopfsteinpflasterstraße, an den Gaslaternen vorbei.

Und kaum war hinter ihnen niemand mehr zu sehen, drückte Helmut ihm einen glatten, runden Kieselstein in die Hand.

Ohne ein Wort zu wechseln, gingen sie die Straße entlang. Helmut tat fröhlich und harmlos. Doch Jakob spürte, dass sich etwas zusammenbraute. Wie nebenbei sagte Helmut: „Noch drei Laternen." Da nahm Jakob den Stein, schrie „lauf!", warf den Stein in die Luft und rannte, so schnell er konnte. Doch kein Glas zersprang, keine Scherben klirrten. Jakob jubilierte.

Doch er hatte sich zu früh gefreut.

„Wenn du glaubst, dass du mich anschmieren kannst, dann irrst du dich!", erklärte Helmut. „Einmal kann man das Ziel verfehlen, aber nicht jedes Mal." Und er fügte hinzu: „Am Rheinufer gibt es so viele Kieselsteine, wie du nie im Leben vorbeiwerfen kannst. Ich gebe dir noch drei Versuche. Und wenn es dann immer noch nicht geklirrt hat, kannst du was erleben!" Er boxte Jakob in die Rippen, als wollte er ihm einen Vorgeschmack geben von dem, was er zu erwarten hätte. Jakob wagte nicht, sich zu wehren. Er war froh, als er endlich zu Hause war.

Unerwartet fehlte Helmut am nächsten Tag in der Schule. Wegen Krankheit. Jakob konnte sich aber nicht lange darüber freuen. Seine Klassenlehrerin forderte ihn nämlich auf, am Nachmittag bei ‚seinem Freund' vorbeizugehen und ihm die Hausaufgaben zu bringen. Jakob fiel keine Ausrede ein, und so musste er am Nachmittag bei Helmut klingeln. Ein älterer Junge öffnete die Tür und wies ihn mürrisch in die Küche, wo der ‚Freund' am Tisch saß und an einer Zwille bastelte. Jakob gab ihm den Zettel mit den Aufgaben. Helmut nahm ihn, öffnete seine Schultasche und schob den Zettel hinein. Das machte er so, dass Jakob einen Blick in die Tasche hinein werfen musste, ob er wollte oder nicht. In der Tasche lagen etliche Kieselsteine.

Was tun? Jakob grübelte und grübelte und fand keinen Ausweg. Irgendwann würde Helmut wieder gesund sein und zur Schule kommen. Und dann blieben ihm, Jakob, nur zwei Möglichkeiten: entweder eine Laterne kaputt zu schmeißen oder sich verprügeln zu lassen. Aber selbst, wenn er sich verprügeln ließ: könnte er sicher sein, danach seine Ruhe zu haben?

Jakob sah nur eine Möglichkeit: irgendwie musste er die Zeit bis zu den Weihnachtsferien überstehen. Vielleicht würde Helmut nach den Ferien nicht mehr an diese blöde Geschichte denken ...

Doch als Helmut wieder zur Schule kam, konnte Jakob sich mit solchen Hoffnungen nicht mehr trösten. Helmut steckte ihm einen Zettel zu. „Wir gehen zusammen nach Hause", stand da drauf. Jakob wusste, was das bedeutete.

„Ich habe einen ziemlich großen Vorrat an Kieseln",
versicherte Helmut. „Einer davon muß treffen. Wenn
nicht ..." Er ballte seine rechte Faust und machte eine
eindeutige Bewegung. In Jakob krampfte sich alles
zusammen. Er hatte Angst und wagte nicht, zu wider-
sprechen. Er wagte es aber auch nicht, eine Laterne
einzuschmeißen. Er presste die Steine, die Helmut ihm
aufgezwungen hatte, in der Hand zusammen. „Was
ist?", fragte Helmut drohend. Da warf Jakob die Steine
in seiner Angst über die nächste Mauer, lief, so schnell
er konnte, die Straße entlang und sah sich nicht mehr
um, bis er zu Hause angelangt war.

Natürlich war er sich darüber im klaren, dass er
Helmut nun herausgefordert hatte. Während er sein
Kartoffelpüree mit dem Messer zerschnitt und die
kleinen Möhrenscheibchen einzeln in den Mund
schob, drängten sich ihm Bilder in den Kopf. Auf
allen war Helmut zu sehen. Mal hielt er jemanden
im Schwitzkasten, bis er laut weinte; mal lief er, so
schnell er konnte, über Kopfsteinpflaster, während
hinter ihm Glas auf den Boden schlug; mal saß er auf
einer Küchenbank, neben sich eine Schultasche voller
Kieselsteine. Was würde am nächsten Tag passieren,
am letzten Schultag vor den Ferien?

Jakob konnte es nicht fassen: Helmut schien ihn
überhaupt nicht mehr wahrzunehmen. Als er die

Klasse betrat, saß er auf seinem Platz und bog seine Zwille zurecht. In der Großen Pause ließ er ihn links liegen. Und nach dem Unterricht war er wie vom Erdboden verschluckt. Zum ersten Mal seit ein paar Tagen machte Jakob sich froh auf den Weg nach Hause, nicht durch das Industriegelände, sondern die Lorettostraße entlang. Die Adventskränze in den Schaufenstern passten gut zu seinen Gefühlen: sie leuchteten hell und versprachen eine herrliche Zeit.

An der Lorettokirche musste Jakob in die Gladbacherstraße einbiegen. Als er das tat, wurde er aus all seinen Träumen gerissen. Vor ihm stand Helmut.

„Wir können doch zusammen nach Hause gehen", sagte er in einem Ton, der nichts Gutes versprach. Es klang mehr wie: „Wir werden jetzt zusammen nach Hause gehen, und das wird für dich kein Vergnügen sein!"

Helmut schob sich an Jakobs Seite, und während sie nebeneinander her gingen, fing er an, Jakob mit dem Ellenbogen in die Seite zu stoßen, ihm Kopfnüsse zu verpassen und ihm Beinchen zu stellen, so dass Jakob mehr stolperte als ging. Er fühlte sich entsetzlich elend und hatte große Angst vor dem, was passieren würde, wenn sie von der Gladbacherstraße in den Hammerweg einbiegen würden, der mehrere hundert Meter über ein Feld führte, bevor er in die Siedlung mündete, in der sie beide zu Hause waren.

Als sie auf dem Feldweg waren, blieb Helmut stehen. Er baute sich vor Jakob auf, ließ seine Schultasche vom Rücken auf den Erdboden gleiten und rieb sich demonstrativ die Hände. Jakob konnte unmöglich noch einmal weglaufen; Helmut passte genau auf. „Noch einmal haust du nicht ab, du Feigling!", drohte er. Dann spuckte er Jakob mitten ins Gesicht, und der fing an zu weinen.

Als Helmut so vor ihm stand und höhnisch grinste, während ihm die Spucke das Gesicht hinunterlief, spürte Jakob neben Angst und Wut noch etwas anderes. Das erstaunte Gesicht, das Helmut machte, als auch er, Jakob, seine Tasche von der Schulter nahm und von sich warf, nahm er kaum noch wahr. Es war ihm völlig gleichgültig, dass er Schläge spürte, Fausthiebe im Gesicht und am Hals. Er warf sich Helmut entgegen und schlug zurück, schlug zurück, schlug und schlug und schlug immer wieder zu, befreite sich von Gaslaternen und Kieselsteinen und schlug erneut zu, bis Helmut von ihm ließ und seine Tasche vergaß und weglief ...

Jakob blutete aus der Nase. Aber er war Helmut nicht böse. Und ganz plötzlich und unerwartet hatte er, was er sich gar nicht erklären konnte, den Geschmack von selbstgebackenen Plätzchen auf der Zunge.

Ein gutes Versteck

„Das wünsch ich mir!", rief Emma.

Sie presste ihre Nase ans Schaufenster und zeigte auf ein Armband. „Mama, ist das nicht schön?"

Mama fand es auch schön, ließ sich aber nicht darauf ein. Geleitet von den reichen Erfahrungen einer Mutter, nahm sie Emma fest an die Hand und zog sie mit sich fort.

„Du hast doch gerade Geburtstag gehabt!", sagte sie.

„Dann wünsch ich es mir zu Weihnachten!"

„Aber Emma, jetzt ist gerade erst Juli, da denkt doch kein Mensch an Weihnachten."

Emma ließ aber nicht locker. Tagelang sprach sie immer wieder von dem Armband und von Weihnachten, während das Thermometer draußen stabil 30 Grad Hitze anzeigte. Schon bevor sie morgens zur Schule ging, schwärmte sie von den winzigen, blassrosa Perlen, die so reizvoll im Licht schimmerten und von dem silbernen Verschluss, der an einen munteren Fisch erinnerte. Mama hörte sich das geduldig an; was blieb ihr anderes übrig? Sie kannte ihre Tochter, und sie wusste ganz genau, dass sich bis Weihnachten noch vieles ändern würde, ganz bestimmt aber Emmas Wünsche.

„Ich wünsch es mir aber!", sagte Emma noch ungewöhnlich lange. Doch die Abstände wurden größer. Und Mama, zuversichtlich, dass die Affäre allmählich überwunden war, antwortete diplomatisch: „Wünschen kannst du es dir natürlich, aber bis Weihnachten ist es noch lang."

Als Emmas Mutter zwei oder drei Wochen später wieder an dem Geschäft vorbeikam, diesmal allein, warf sie verstohlen einen Blick ins Schaufenster. Das Armband lag immer noch da. Es war wirklich schön, das musste sie zugeben. Sollte sie vielleicht doch?

Plötzlich bemerkte sie, dass der ursprüngliche Preis durchgestrichen und ein neuer, deutlich geringerer dafür eingesetzt war. Nach kurzem Zögern gab sie sich einen Ruck, betrat das Geschäft und ließ sich das Armband aus dem Fenster holen. Als sie es in der Hand hielt, staunte sie darüber, wie sanft ihr die Perlen über die Finger glitten und wie wunderbar sie leuchteten.

„Gefällt es Ihnen?", fragte der Verkäufer.

„Es soll nicht für mich sein, sondern für meine Tochter", sagte sie ein bisschen verschämt.

„Wie alt ist die junge Dame?"

„Sechs."

Der Verkäufer machte ein Gesicht, als wollte er sagen: sechs, das ist genau das richtige Alter!

Aber Emmas Mutter zögerte. Bis Weihnachten war es noch so lang! Und Emma würde noch viele andere Wünsche äußern. Doch als der Verkäufer ihre Unentschlossenheit bemerkte, machte er ein Angebot: weitere 20% Preisnachlass. ‚Emma wünscht es sich so sehr, und für den Preis bekomme ich nichts dergleichen', ging es ihrer Mutter durch den Kopf. Schließlich kaufte sie das Armband, ließ es sich als Geschenk einpacken (Weihnachten könnte sie ja noch ein kleines Glöckchen dranhängen!), trug es zufrieden nach Hause und versteckte es an einem Platz, wo Emma es niemals finden würde.

Monate später, als die Stadt weihnachtlich geschmückt war, entdeckte Emma in demselben Schaufenster natürlich ihren neuen Herzenswunsch: ein Schmuckkästchen!

„Das wünsch ich mir!", sagte sie jeden Tag ein paarmal, und als ihre Mutter erwiderte, dass das Christkind vielleicht schon ein anderes Geschenk habe, guckte Emma überrascht. „Aber ich hab doch noch gar keinen Wunschzettel geschrieben. Da kann das Christkind gar nicht wissen, was ich mir wünsche."

Die Mutter tat sehr geheimnisvoll, zuckte mit den

Achseln und wollte nichts sagen.

„Dann musst du mit dem Christkind sprechen", sagte Emma mit Überzeugung, „ich wünsche mir auf jeden Fall das Schmuckkästchen."

Emmas Mutter nickte mit dem Kopf; was sollte sie machen? Sie war aber doch überrascht, als Emma eine Woche später nachfragte: „Hast du mit dem Christkind gesprochen?"

„Ich hab's versucht", sagte sie schließlich, „aber es war nicht da."

„Dann kannst du es doch anrufen, ja?"

Emmas Mutter nickte aufs Neue; das Thema war ihr nicht angenehm. Und als Emma zwei Tage später tatsächlich noch einmal nachhakte, antwortete sie, dass sie mit dem Christkind telefoniert habe, aber dass es, wie vermutet, schon ein Geschenk habe. Es klang nicht sehr überzeugend. Das merkte auch Emma, die ohne ein weiteres Wort die Küche verließ und den ganzen Nachmittag in ihrem Zimmer blieb - ein eindeutiges Zeichen dafür, dass sie sauer war!

Eine Woche vor Weihnachten, beim Kekse backen, holte Emma plötzlich tief Luft, guckte ihre Mutter an und sagte: „Ich weiß, warum du nicht mit dem Christkind gesprochen hast." Als sie keine Antwort bekam, sondern nur ein überraschtes „Wie bitte?", wurde Emma direkter:

„Das Christkind gibt es nämlich gar nicht!"

Es klang wie eine Testfrage, nicht ganz überzeugt, dafür mit einer gehörigen Portion Zweifel.

Mama schwieg ein paar Sekunden. Dann fragte sie: „Wie kommst du denn darauf? Natürlich gibt es das Christkind!"

„Noah hat aber gesagt, dass es das nicht gibt!"

Noah ging in Emmas Klasse. Ein netter Junge, fand Emmas Mutter, aber nun musste sie doch an ihm herummeckern.

„Noah hat keine Ahnung, aber eine große Klappe."

„Gar nicht! Noah hat gesagt, dass er es von seiner Schwester weiß, und die ist schon in der vierten."

Emmas Mutter versuchte es mit der Flucht nach vorn.

„Wenn es kein Christkind gibt, dann kannst du dir ja auch nichts wünschen."

Das verfehlte nicht seine Wirkung. Emma schwieg. Und murmelte kaum hörbar: „Aber das Schmuckkästchen wünsche ich mir trotzdem!"

Am Abend, als Emma eingeschlafen war, fiel ihrer Mutter das Armband wieder ein. Seit Juli hatte sie es nicht mehr in der Hand gehabt, und beinahe hatte sie schon vergessen, wie es aussah. Schimmerte es immer noch rosa? Leise öffnete sie die Tür zur Kammer, stieg auf den Hocker und griff nach dem Korb mit den Wäscheklammern, wo sie das Armband versteckt hatte. Glaubte sie jedenfalls. Aber außer den Wäscheklammern war da nichts, schon gar kein Armband.

Sie dachte nach. Und nach einer Weile meinte sie sich daran erinnern zu können, dass ihr das Versteck damals als doch nicht sicher genug erschienen war. Zwar hatte sie nicht ernsthaft daran geglaubt, dass Emma irgendwann einmal Wäscheklammern in die Hand nehmen würde - aber man konnte ja nicht wissen. Richtig, so war es! Sie erinnerte sich sogar plötzlich daran, wie gefährlich der Hocker gewackelt hatte, als sie wieder herabstieg, und dass sie sich eigentlich darum kümmern wollte ihn zu reparieren.

Doch was hatte sie denn bloß mit dem Armband gemacht? Wo hatte sie es versteckt?

Sie schlich durch die Wohnung und begann zu suchen. Aber so intensiv sie das auch tat: das Armband war unauffindbar. Alle Verstecke, die sie irgendwann schon einmal genutzt hatte - der Erste-Hilfe-Kasten, der Handarbeitskorb, die kleine Abseite hinter dem Wasserkasten auf der Toilette -, sie alle waren leer. D.h., hinter dem Wasserkasten entdeckte sie ihre Taschenlampe, die sie schon mehrfach gesucht hatte; wahrscheinlich hatte der Klempner sie da liegen gelassen. Aber das half ihr jetzt auch nicht weiter.

Sie zerbrach sich den Kopf. Vergeblich. Da war auch nicht die kleinste Erinnerung an das Armband und noch weniger daran, wo sie es hingelegt haben könnte.

Der Heiligabend rückte allerdings unausweichlich näher. Und ihr war klar, dass die beiden Bücher, die sie auf den Gabentisch legen wollte, Emma nicht zu Jubelstürmen hinreißen würden. Genau so wenig die Handschuhe. Da musste noch etwas wirklich Attraktives dazukommen, und das konnte jetzt, in der Not, eigentlich nur das Schmuckkästchen sein.

Also besorgte Emmas Mutter das Schmuckkästchen. Und am Heiligabend freute sich Emma darüber wie ein Honigkuchenpferd. Sie konnte sich kaum lassen vor Begeisterung! Immer wieder klappte sie das Kästchen auf und zu, verriegelte und öffnete es wieder und roch an dem Holz, das so schön duftete. Nur leider, leider, war das Kästchen völlig leer. Die Befürchtung, dass Emma sich wieder an das Armband erinnern könnte, war aber unbegründet. Ihrer Mutter fiel ein Stein vom Herzen.

„Wenn du möchtest, kannst du ja ein bisschen von meinem Schmuck da rein tun", schlug sie vor.

„Au ja!", rief Emma wie elektrisiert. „Aus deiner Schatulle?"

Ohne auf eine Antwort zu warten, lief sie ins Schlafzimmer. Sie wusste ja, wo die Mutter ihren Schmuck aufbewahrte. Komisch war allerdings, dass sie nicht wieder zurückkam. Die Mutter hatte deutlich gehört, wie die Kommodenschublade, in der die Schatulle lag, geöffnet wurde. Doch danach war es eigenartig still, und erst nach einer geraumen Weile war die Schublade auch wieder geschlossen worden. Dann aber, plötzlich, wie ein Wirbelwind, kam Emma angerannt und schrie: „Das Christkind gibt es doch, Mama! Guck mal!"

Sie hielt ihrer Mutter irgendetwas so dicht unter die Nase, dass die nur mit Mühe erkennen konnte, um was es sich handelte: es war das Armband! Im selben Augenblick fiel es ihr wie Schuppen von den Augen ... die Kommode! Da hatte sie das Armband versteckt, zwischen den alten Klamotten, die sie nicht mehr trug, von denen sie sich aber auch nicht trennen wollte.

Emma öffnete ihr Schmuckkästchen, legte das Armband hinein und klappte es wieder zu. Sie war glücklich.

Plötzlich wurde sie allerdings ganz unruhig und schaute ihre Mutter an.

„Ist etwas, Emma?"

Emma schüttelte den Kopf genau so bedeutend, wie es ihre Mutter immer tat, wenn sie etwas nicht glauben wollte. Und dann sagte sie:

„Noah ist doof - oder?"

Kleingeld

Heiligabend, später Vormittag. Im Supermarkt ist der Teufel los. Das Personal schuftet im Akkord. Und die vollgetürmten Laufbänder an den Kassen rucken nur aufreizend langsam vorwärts. Kunden schauen ein ums andere Mal voller Ungeduld auf die Uhr und treten von einem Bein aufs andere. Doch sie müssen sich in Geduld üben, wohl oder übel.

„Ich geh mal eben die Parkuhr nachfüttern", sagt ein Mann im dicken, irischen Wollpullover. Er drückt seiner blassen Frau einen flüchtigen Kuss auf die Wange und eilt davon.

Die Frau, vor sich einen hoch gefüllten Einkaufs-wagen und im Schlepptau einen kleinen Jungen und ein noch kleineres Mädchen, ruft ihm hinterher, er möge sich bitte beeilen. Aber zu spät; ihr Mann ist längst außer Hörweite. Die Flucht ist gelungen! Die alte Dame mit den frischen Dauerwellen, die in der Warte-schlange vor ihr steht, dreht sich um, schaut die Mutter verständnisvoll an und streicht der Tochter sanft übers Haar. „Du hast aber eine liebe Mama!"

Marie, etwa 3 Jahre alt, weicht unwillig zurück.

„Frau Petersen", ruft im selben Augenblick die Kassiererin von der Kasse nebenan und dreht sich um, so weit es ihre Körperfülle erlaubt, „hast du die Nummer für die Papayas?"

Frau Petersen ist die Kassiererin unserer Kasse. Die Dauerwelle zuckt zusammen ob der ungewöhnlichen Symbiose von „Frau Petersen" und „du"; sie lächelt süßsäuerlich.

„309", ruft Frau Petersen hinüber zur Nachbarkasse. „Drei - null - neun!"

Marie hat inzwischen entdeckt, wozu der Einkaufswagen gut ist. Sie steigt mit beiden Füßen auf sein Fahrgestell und macht ausgedehnte Schaukel-Übungen, was ihr besonders gut zu gefallen scheint, wenn sich der Wagen gefährlich zur Seite neigt; dann springt sie im letzten Moment ab und guckt erschrocken und zugleich Aufmerksamkeit heischend um sich. Mario, ihr Bruder, ist derweil unbemerkt zur Tiefkühlbox mit den Eistüten hinübergegangen und beugt sich tief über die Angebote.

„Frohes Fest!", wünscht Frau Petersen dem Kunden, der gerade bezahlt hat und noch eine weitere Einkaufstüte verlangt.

Dann ist die Dauerwelle dran. Sie schiebt ihren Wagen, dessen Inhalt sie sorgfältig Stück für Stück auf dem Laufband platziert hat, langsam vor und lächelt die Kassiererin freundlich an. Sehr freundlich. Mit ihrer bedächtigen Art passt sie gar nicht in die vorweihnachtliche Hektik. Bei jeder Tüte, jeder Packung, die das elektronische Lesegerät mit einem Piep passiert, erscheint ein weiteres freundliches Lächeln auf ihrem Gesicht - die immer länger werdende Warteschlange und die Einkäufe, die sich nach und nach vor ihrer Tasche stauen, scheinen ihr nichts auszumachen. Sie steht da wie ein Fels in der Brandung.

„Vierunddreißigsiebzehn!", sagt Frau Petersen. So viel muss die Dauerwelle bezahlen. Während die sich durch diese Aufforderung nicht weiter beirren lässt und seelenruhig ihre Einkäufe in Tasche und Tüte packt, greift die Kassiererin zu ihrer halb leergetrunkenen Kakaoflasche. Sie ist froh über eine kleine Atempause.

Da kommt plötzlich Bewegung in die Warteschlange: Marie hat entweder danebengegriffen oder die Balance verloren, jedenfalls liegt sie der Länge nach neben dem Einkaufswagen auf den Steinfliesen. Zuerst ist es bedrohlich ruhig. Die Ruhe vor dem Sturm. Dann braut es sich blitzschnell zusammen, und eine Sekunde später heult es wie eine Sirene. Ein messerscharfes Gebrüll in höchsten, schneidend schrillen Tönen zerrt an unzähligen Nerven. Die Dauerwelle, voller Empathie, will Marie eine Hand reichen, um ihr aufzuhelfen;

doch das macht es nur noch schlimmer: das Geschrei schwillt heulbojenmäßig an und dauert so lange an, bis Marie keine Luft mehr bekommt und hechelt und japst wie ein halb ersoffenes Hündchen.

„Das war ja nicht anders zu erwarten", brummelt ein gepflegter, älterer Herr, der hinter Maries Mutter steht und eine Sammlung ausgewählter Rotweinflaschen im Korb hat. „Erziehung muss man können!" Ziemlich leise brummt er das, aber doch laut genug, dass die Mutter es nicht überhören kann. Sie schießt einen giftigen Blick ab; zu mehr hat sie nicht die Energie, denn im selben Augenblick schickt Mario sich an ein Eis in ihren Einkaufswagen zu befördern.

Das junge Paar, das noch hinter dem Rotwein-Käufer ansteht und den Jungen beobachtet, grinst. Es sieht wirklich zu komisch aus, was Mario da macht: Ganz langsam, seiner Mutter tief in die Augen schauend und ihre Reaktion abwartend, senkt er das Eis halb in den Einkaufswagen, ohne es ganz loszulassen. Er meint es wohl nicht als Provokation, eher als Frage. Aber jetzt wirkt es wie eine unerträgliche Herausforderung, und die Mutter verliert zum ersten Mal die Nerven.

„Du bringst das sofort zurück!", herrscht sie Mario an, der seinen Versuch sofort aufgibt, zur Gefriertruhe trottet und das Eis widerwillig dort hinein pfeffert.

„Vierunddreißigsiebzehn!", wiederholt Frau

Petersen indes noch einmal geduldig mahnend. Dauerwelle setzt ihr reizendes Lächeln auf und nickt zustimmend, während sie in aller Gemütsruhe einen Topf mit frischem Basilikum in ihrer Tasche verstaut. Das ist nicht ganz einfach, weil die Tasche schon so voll ist. Um dem Basilikum einen sicheren Halt zu geben, muss sie die Kaffeemilch und den eingeschweißten Lachs noch einmal herausholen und alles neu sortieren. Endlich kramt sie ihr Portemonnaie heraus, eine dicke Schatulle.

„Wieviel, sagten Sie?", fragt Dauerwelle lächelnd und schiebt ihre Brille ein Stück höher.

„Vierunddreißigsiebzehn", wiederholt Frau Petersen ein zweites Mal, diesmal mit leicht gedehnter Stimme.

„Ja, sagten Sie ja schon!", entgegnet Dauerwelle sehr höflich und kramt in ihrer Schatulle herum, was von den anderen Kunden in der Warteschlange mit zunehmender Nervosität quittiert wird. Rotwein, der sich als Experte für Kindererziehung geoutet hatte, streckt den Arm von sich und schaut demonstrativ auf seine Armbanduhr. Das junge Paar wirft sich vielsagende Blicke zu. Und der Handwerker im weißen Overall hinter den beiden, der nur einen Karton Milch und eine Plastikschale mit Kartoffelsalat und 2 Frikadellen in Händen hält, tritt ungeduldig von einem Fuß auf den anderen. Allein Dauerwelle ist die Ruhe selbst.

„Mama, warum gehen wir nicht weiter?" Marie hat sich von ihrem Sturz erholt und wohl bemerkt, dass eine seltsame Stimmung an der Kasse herrscht.

„Wir sind gleich dran!"

Mit dieser knappen Antwort, die ja eigentlich keine ist, lässt Marie sich aber nicht abspeisen.

„Mama?" - „Ja, Marie?" - „Hat die alte Frau kein Geld?"

„Marie!" Der Mutter ist es sichtlich peinlich, sie nimmt Marie mit erzieherischem Griff an die Hand und flüstert ihr etwas zu. Dauerwelle lächelt sie freundlich an. „So sind Kinder!", sagt sie. Und fragt: „Wie alt ist denn Ihre Kleine?"

„Geht das bald mal weiter?", tönt es da von hinten. Der Handwerker! Dauerwelle hat es natürlich gehört.

„Nicht so ungeduldig, junger Mann!", sagt sie, „ich bin gleich fertig." Und beginnt von neuem in ihrer Schatulle zu kramen.

Alle, die hinter ihr warten, beobachten sichtlich angespannt, wie Dauerwelles rechte Hand ein ums andere Mal langsam und tief in die Schatulle eintaucht, bedächtig suchend darin herumfuhrwerkt, sorgfältig eine kleine Münze nach der anderen herauspickt und unpassende wieder hineinwirft. Das zieht sich hin; die Suche scheint kein Ende zu nehmen. Und die Warteschlange wird immer länger. Blicke werden gewechselt, die Beschwörungen gleichen; Augen gen Himmel verdreht. Mucksmäuschenstill ist es geworden. Selbst Mario und Marie starren gebannt auf Dauerwelle. Als ihr das endlich auffällt, hält sie inne, setzt triumphierend ihr bezauberndes Lächeln auf und fragt die Kassiererin in einem Ton, der an Freundlichkeit nicht mehr zu überbieten ist:

„Sie wollen es doch gerne klein haben, oder?"

Das schlägt ein wie eine Bombe.

„Nein! NEIN!", schreien alle wie aus einem Mund. „Bitte nicht!"

Dauerwelle hält erschrocken inne. Sie hat es doch nur gut gemeint.

Komm, Liebster!

Als es dämmert, deckt Sabine den Tisch: je eine kleine Schale für die Suppe, je einen Teller für die Hauptspeise, dazu Wasser- und Weinkelch, Besteck und Servietten. Das Besteck aus echtem Silber und die Servietten mit geschmackvollen, weihnachtlichen Motiven. Und ein paar Zweige natürlich. Jürgen, ihr Mann, hatte schon als Kind großen Wert darauf gelegt, dass der Tisch am Heiligen Abend festlich gedeckt war. Dazu gehörten neben dem Tannengrün ein paar Kerzen und hier und da, über den Tisch verteilt, besondere Süßigkeiten.

Den Baum hat Sabine schon am Tag vorher aufgestellt und geschmückt. Unter den Anhängern, Kugeln und Figürchen, die sich im Lauf der Jahre angesammelt haben, befindet sich auch immer noch der schwarze Engel mit der bemerkenswerten Figur, den sie auf ihrer Hochzeitsreise in Amerika gekauft haben. „Der sieht aus wie Du!", hatte Jürgen sie damals geneckt. Und als sie ihn daraufhin verliebt, aber kopfschüttelnd anschaute, schnell ergänzt: „Du bist natürlich weiß und schlank" - was nur zur Hälfte der Wahrheit entsprach.

Als sie den Tisch fertig gedeckt hat, stellt sie die Kochplatte mit dem Süppchen auf ‚vier'. Dann verschwindet sie im Bad. Und als sie wieder herauskommt, ist auch sie festlich geschmückt: die Haare hochgesteckt, grüne Ohranhänger, die Lippen sattrot. Das taillenbetonte, seidene, leuchtend blaue Kleid trägt sie jedes Jahr. Und das Parfüm, das sie auch in diesem Jahr wieder benutzt, hatten sie beide schon immer gemocht. „Du duftest wie der Orient bei Sonnenaufgang", hatte Jürgen mal gesagt.

Die Suppe hat jetzt die richtige Temperatur. Und als Sabine durch die geöffnete Fensterklappe die Kirchenglocken hört, ruft sie so laut, dass man es auch in Jürgens Zimmer hören kann: „Das Essen ist fertig! Kommst Du?"

Nichts geschieht. Niemand kommt.

„Jürgen!?"

Es ist doch immer dasselbe, denkt sie nach einer geraumen Weile, in der sie auf seine Fußtritte gehört hat. Da bereitet man alles so schön vor, und dann kommt er nicht. Sie wartet eine weitere, halbe Minute, dann füllt sie die Vorsuppe in die Teller.

„Findest du sie zu scharf?", fragt sie, nachdem sie mehrmals gekostet hat. „Ich hab eine Winzigkeit mehr Chili reingetan als letztes Jahr."

Ohne seine Antwort abzuwarten, steht sie auf, holt etwas Kokosmilch aus der Küche und gibt je einen Esslöffel in die Suppenschalen.

„Besser!", sagt sie zufrieden, nachdem sie noch einmal abgeschmeckt hat, und nickt Jürgen zu.

„Aber du, du hast wieder mal vergessen, den Wein kalt zu stellen. Zum Glück hab ich das noch rechtzeitig bemerkt."

Im Radio spielen sie jetzt das Weihnachtsoratorium, wie jedes Jahr. Sabine stellt etwas lauter. Sie weiß ja, wie gerne Jürgen die Musik von Bach hört. Damit kann sie ihn auch sorglos eine Weile allein lassen; die Gans muss eigentlich fertig sein. Jürgen tut sich immer schwer mit dem Tranchieren des Vogels; also erledigt sie das allein in der Küche und trägt Brust und Flügelteile tellerfertig auf.

„Irgendwann könntest du das auch mal lernen, Jürgen; alles muss ich ja nun wirklich nicht allein machen."

Und als sie auch daraufhin keine Antwort erhält, beginnt sie sich ein wenig aufzuregen.

„Es ist jedes Jahr dasselbe. Ich muss einkaufen, kochen, den Tisch decken, den Baum aufstellen und die Gans zubereiten. Findest du das in Ordnung?"

Unversehens ist die Stimmung gar nicht mehr weihnachtlich. Schweigend nimmt sie sich von den Klößen und dem Rotkohl, den sie in den vergangenen Tagen immer wieder für eine Stunde geköchelt hat, bis er weich geworden war und sich ein herrlicher Glanz auf dem Rot des Kohls gezeigt hatte. Reicht auch Jürgen davon und beginnt, ohne ein weiteres Wort, zu essen. Aber irgendwann hält sie das Schweigen nicht mehr aus.

„Weißt du noch Jürgen, wie wir unser erstes Weihnachten allein gefeiert haben? Die Gans war halb verbrannt, aber sie schmeckte trotzdem ganz herrlich."

Sie nimmt einen großen Schluck Wein.

„Du hattest mir damals diese grünen Ohranhänger geschenkt, die ich immer noch trage. Aber immer nur zu Weihnachten."

Sie nimmt noch einen Schluck Wein, wieder einen ziemlich großen. „Aber als deine Eltern angerufen hatten", sie seufzt, „da war die ganze schöne Stimmung erstmal vorbei. Mir waren sie ja von Anfang an nicht richtig sympathisch."

Sie steht auf, nimmt die Weißweinflasche, löscht das Licht über dem Esstisch und setzt sich in die Sofaecke.

„Aber dann war es doch noch ein wunderschöner Abend."

Auf ihrem Gesicht, das seitdem fast 50 Jahre älter geworden ist, erscheint ein fast jugendliches Strahlen.

„Weißt du noch, was wir damals gemacht haben?"

Sabine schenkt sich neuen Wein ein und trinkt einen kräftigen Schluck. „Nein, du musst es mir nicht sagen, ich weiß es selbst noch so genau, als wäre es gerade eben gewesen."

Sie kichert, als sie das Glas absetzt, zieht ihren Rock über die Knie und schaut verschämt auf den Platz neben sich, wo Jürgen so viele Jahre lang gesessen hat.

„Du konntest mir so schöne Komplimente machen, Jürgen. Ich habe mich immer so gut gefühlt, so richtig als Frau. Möchtest du jetzt den Nachtisch?"

Sie steht auf, was nicht mehr ganz einfach ist, und geht ein paar Schritte in Richtung Tür. Als sie dabei, wie jedes Jahr, das Gefühl hat, weinen zu müssen, dreht sie sich um und versucht zu lächeln.

„Komm, Liebster!"

Teuflische Reise

Mein Enkel Noah hat sich zu Weihnachten eine LED-Taschenlampe gewünscht. Nicht irgendeine, sondern eine ganz spezielle von einem ganz bekannten Hersteller…

Es ist schwer geworden, den Enkeln etwas zu Weihnachten zu schenken! Die Kinderzimmer sind voll wie Warenlager und lassen kaum noch Wünsche offen. Vieles ist allerdings seit langem nicht mehr angefasst worden. Als Noah von seinem Onkel die Saturn V-Rakete von Lego bekam, war die Begeisterung groß. Doch als er das Monstrum nach zwei Tagen zusammengesetzt hatte, diente sie zwar noch eine Weile als Blickfang; bald wurde sie aber gar nicht mehr wahrgenommen und verstaubte vor sich hin. Spielen kann man das nicht nennen.

Den Satz, dass das früher anders war, verkneifen sich Großeltern. Die Zeiten haben sich geändert, das ist so und damit muss man leben. Aber das bedeutet auch: eine wirkliche Überraschung sind die Geschenke heutzutage nicht mehr. Man könnte sie eher als

„Bestellungen" bezeichnen.

„Noah würde sich bestimmt über eine LED-Taschenlampe freuen."

Das stand in der Mail, die wir gestern von seiner Mutter bekommen haben. Und damit wir auch genau wissen, welche Taschenlampe gemeint ist, enthielt die Mail einen Link für die erfolgreiche online-Bestellung.

Es gehört Mut dazu, sich über diese „Bestellungen" hinwegzusetzen. Wenn man das riskiert, läuft man nämlich Gefahr, für Enttäuschungen zu sorgen. Das möchte man auf gar keinen Fall.

Andererseits: Soll man wirklich online bestellen, obwohl man den Kopf schüttelt, wenn die gelben LKW's der Zustellfirmen die Straßen versperren und die Kartons sich haufenweise neben den Papiercontainern wiederfinden? Hat man als Großvater das Recht, den Wunsch eines Enkels zu ignorieren? „Wünschen kann man sich alles!", sagt man. Aber Wünsche nicht erfüllen, das darf man natürlich nicht.

Als mir die sehr unterschiedlichen Aspekte dieser so hoch komplizierten Sachlage bewusst geworden waren, hielt ich nach einem Kompromiss Ausschau. Der war gar nicht so schwer zu finden, denn die Taschenlampe war nicht teuer. Vielleicht, sagte ich mir, könnte ich eine zusätzliche Überraschung besorgen, die ich mit Freude und Überzeugung unter den Weihnachtsbaum legen würde. Nach Jahren mit bestellten Geschenken wäre es reizvoll, auch die Eltern mit unerwarteten Gaben zu konfrontieren und ganz nebenbei meine Selbständigkeit bzw. Unabhängigkeit zu beweisen, über die ich auch als alter Großvater noch verfüge.

Aber woher sollte ich wissen, was Noah hat und was nicht? Ich konnte doch nicht sein ganzes Kinderzimmer überprüfen und mir alles notieren, was dort bereits vorhanden ist.

Zu meinem Erstaunen war auch die Antwort auf diese Frage nicht schwer: es musste ja nur etwas sein, das ganz neu auf dem Markt und bei dem die Wahrscheinlichkeit groß war, dass Noah es noch nicht hatte. Und das ich notfalls auch umtauschen könnte.

Also betrat ich bei meinem nächsten Einkaufsbummel energiegeladen ein gutes Spielzeuggeschäft und erkundigte mich nach Neuigkeiten.

„Womit spielt der Junge denn gerne?", fragte die Verkäuferin.

Sehr höflich und mit einem Lächeln, um sie nicht vor den Kopf zu stoßen, antwortete ich:

„Wenn es nach ihm ginge, müsste es digital sein und möglichst viele Töne und Lichteffekte produzieren. Aber ich hatte eigentlich an etwas anderes gedacht. Vielleicht ein neues Spiel oder einen ungewöhnlichen Baukasten, den man immer wieder verwenden kann."

Die Verkäuferin schien amüsiert.

„Gestern war eine Großmutter da, die sich so ähnlich ausgedrückt hat. Der hab ich in der Tat ein Spiel verkauft. Soll ich Ihnen das mal zeigen?"

Ich war interessiert und bald darauf überzeugt, dass es das Richtige war. Das Spiel hieß „Teuflische Reise", und es schien mir trotz einfacher Spielregeln sehr vielseitig zu sein. Kurz gesagt ging es um eine Weltreise, bei der die Mitspieler Entscheidungen treffen müssen, die den Eigenheiten der bereisten Länder entsprechen. Glück war dabei aber genauso wichtig wie ein paar grundlegende Kenntnisse. Und witzig schien mir das Ganze auch zu sein. Allerdings hatte es einen kleinen Nachteil: Es war ein Würfelspiel. Doch ich kaufte es trotzdem.

Am Heiligen Abend, kurz bevor ich mich auf den Weg zur Familie meines Sohnes machte, überfielen mich kleine Zweifel: Würde sich mein Enkel wirklich freuen über die „Teuflische Reise"? Wäre nicht allzu offensichtlich, dass sie eher meinen Vorstellungen entspricht als dem, was ihm gefällt? Ach was, sagte ich mir, die Taschenlampe kriegt er ja auch noch.

„Super, Opa!", kommentierte Noah, als er sie ausgepackt hatte. Er leuchtete sofort in alle dunkleren Ecken. Unter dem Schrank, wohin er den Lichtstrahl auch richtete, entdeckte er ein völlig vertrocknetes

Schulbrot, das bei seinen Eltern für einen kurzen Augenblick für Missstimmung sorgte. Und als er schließlich die „Teuflische Reise" auspackte, warf das ebenfalls einen kleinen Schatten auf den sonst sehr harmonischen Abend. Denn er legte das Spiel kommentarlos auf die Seite, und als sein Vater, mein Sohn, ihn voller Rücksichtnahme mir gegenüber fragte, ob er sich denn gar nicht freue, maulte er nur irgendetwas Unverständliches.

Das war aber alles vergessen, als wir uns zu Tisch setzten. Es gab Raclette. Das mochten alle gern. Der Nachteil ist nur, dass man viel zu viel davon isst, ohne es eigentlich zu merken. Und als wir fast eineinhalb Stunden damit verbracht hatten, hatten sich die vielen Kleinigkeiten auf den Schäufelchen zu einem erheblichen Klumpen zusammengefunden, der schwer im Magen lag.

Die Eltern und ich ließen uns faul in der Sitzecke nieder, tranken zuerst einen Espresso, dann Sekt und freuten uns über die Kerzen auf dem Weihnachtsbaum, die wir noch einmal angezündet hatten.

Noah langweilte sich. Den kleinen Lego-Baukasten, den er bekommen hatte, hatte er bald zusammengesetzt. Die Bücher, die er auf dem Gabentisch gefunden hatte, interessierten ihn nicht. Und so begann er seiner Langeweile Ausdruck zu geben. Er pustete immer wieder die am Baum brennenden Kerzen an und experimentierte mit der Taschenlampe, indem er den gebündelten Lichtstrahl frontal auf die Gesichter der Erwachsenen richtete. Das ging natürlich nicht lange gut, und irgendwann forderte ihn sein Vater, mein Sohn, auf, „etwas Vernünftiges" zu tun.

„Was denn?", fragte Noah nicht besonders fröhlich.

„Du kannst Dir doch mal das Spiel ansehen, das Opa dir geschenkt hat", sagte seine Mutter.

Ich zuckte innerlich zusammen.

„Kann ich ja nicht alleine spielen", sagte Noah ein wenig provokativ.

Ich fühlte mich verantwortlich. „Soll ich mitspielen?"

Als Noah keine Anstalten machte, meine Frage zu beantworten, stand ich auf und holte mir den Karton, schob mein Weinglas zur Seite und baute das Spiel vor mir auf. Dann stellte ich vier Figuren an den Start.

„Spielt ihr auch mit?", fragte ich meinen Sohn und seine Frau.

Sie schienen nicht gerade elektrisiert von dem Gedanken, erklärten aber wohl oder übel ihre Bereitschaft dazu. Noah grummelte etwas vor sich hin, was, wenn ich es richtig verstanden hatte, nicht wiederholt werden sollte. Und dann ging's los. Als er mit seiner Figur auf das Feld „Zürich" kam, musste er die Frage beantworten, für welche Produkte die Schweiz besonders berühmt ist. „Schokolade", sagte er. Das war ein Punkt von 3 möglichen. Ich schaute betont auffällig auf meine Armbanduhr. „Uhren!", schrie Noah laut und vergaß plötzlich jeden Widerstand gegen das blöde Spiel. 2 Punkte! Noah hatte Feuer gefangen. Und als ich mir der Hand über den Magen strich, schrie er noch lauter: „Käse!" 3 Punkte für Noah. Das Maximum!

Als die Erwachsenen die ihnen gestellten Fragen aus irgendeinem Grund nicht alle beantworten konnten, begann Noah sich ernsthaft für das Spiel zu interessieren. Er entwickelte eine Reiseroute, auf der er die Länder besuchte, über die er etwas wusste. Das tat er ganz geschickt. Und es wurde richtig aufregend. Noah stand immer wieder auf zwischendurch, setzte sich wieder hin, stand wieder auf. Er begann vor Aufregung zu schwitzen. Und als ich kurz vor dem Ende, punktemäßig ihm dicht auf den Fersen, eine ziemlich leichte Frage - selbstverständlich versehentlich - falsch beantwortete, sprach er mit hitzigem Kopf von „Sieg". Und es gelang ihm tatsächlich mit etwas Glück, seinen Punktevorsprung bis ins Ziel zu retten.

„Nochmal?", fragte er.

„Morgen", sagten die Eltern wie aus einem Munde. Und ich, ich musste aufbrechen, um noch die letzte Bahn zu erwischen. Doch ich bekam noch mit, wie Noah Spielfeld und Spielfiguren samt Würfen sorgfältig in den Karton einpackte.

Als ich zu Hause vor dem Schlafengehen noch einen Blick auf mein Handy warf, war da eine Nachricht von meinem Sohn: „Noah hat die ‚Teuflische Reise‘ mit ins Bett genommen."

Aha, dachte ich und holte mir den Karton mit den Champagner-Trüffeln, die ich mir selbst geschenkt hatte. Gute Pralinen machen mich immer sehr zufrieden.

Die Geheimnisse der Mathematik

An meinen Onkel habe ich viele gute Erinnerungen, aber auch eine sehr schlechte. Sie geht zurück auf einen Weihnachtsabend, der für mich ein ganz besonderer wurde.

Günter war der jüngere Bruder meiner Mutter. Für mich ein großes, bis zu diesem Abend unbeschädigtes Vorbild. Ich war stolz darauf, ihn als Onkel zu haben. Ich verehrte ihn geradezu, ja, ich himmelte ihn an. Anders als meine Eltern schien er eine unwiderstehliche Dynamik zu besitzen. Wenn sein kleiner, himmelblauer Fiat 500 vor unserem Haus hielt, war ich glücklich. Denn dann geschah immer etwas Besonderes.

Einmal brachte er eine frische Ananas mit, so etwas hatte ich noch nie gegessen. Ein andermal eine Kokosnuss, die wir auf dem Bürgersteig vor dem Haus mit Hammer und Meißel aufspalteten. Und eines Abends sogar eine junge, wunderschöne Dame, die auf hohen Absätzen ging und später seine Frau wurde. Alles schien ihm in den Schoß zu fallen. Er hatte blonde Haare und klare, blaue Augen. Er wusste, was er wollte. Und er lachte viel. Wenn er bei uns zu Hause auftauchte, war die Welt eine andere.

Einmal, zu Weihnachten, hatte er mir eine elektrische Eisenbahn geschenkt. Seine eigene, mit der er als Junge gespielt hatte. Eine Märklin-Eisenbahn. Ein ausladendes Oval mit zwei Weichen, so dass die Strecke zweigleisig durch einen Bahnhof verlaufen konnte. Und eine kleine Tenderlokomotive mit 3 oder 4 Waggons.

Die Kabel, die zu den Weichen führten, waren allerdings stark mitgenommen. Einmal schmorte eines durch, und es stank fürchterlich verbrannt. Meine Mutter roch das sofort und stürzte Hals über Kopf in mein Zimmer. Sie war außer sich und trat beinahe panisch auf das harmlose Kabel, als lauere ein giftiges Insekt auf dem Teppich; ich war froh, dass sie nur das Kabel erwischte. Onkel Günter, dem die Geschichte brühwarm und voller Vorwürfe aufgetischt wurde, brachte einfach ein neues Kabel mit und reparierte die Weiche. Er war Ingenieur, das war kein Problem für ihn.

Die elektrische Eisenbahn war das Spielzeug meiner Kindheit. Sie regte meine Phantasie an wie nichts anderes. Wenn der Zug in den Bahnhof einfuhr, bildete ich mir ein, dass ganz viele Fahrgäste auf dem Bahnsteig warteten und darüber staunten, wie ich die gewaltige Lokomotive mitsamt den Waggons langsam genau an der richtigen Stelle zum Stehen brachte. Sie wichen dann respektvoll zurück. Und wenn sie dann alle eingestiegen waren, drehte ich den Schalter am Trafo kaum merklich nach rechts, so dass sich die Räder der Lok ganz allmählich wieder in Bewegung setzten.

Ich genoss die Vorstellung, so viel Kraft unter Kontrolle zu haben. Ich konnte mich nicht satt daran sehen, dass die Lokomotive Scheinwerfer hatte, die im Dunkeln leuchteten; am liebsten spielte ich nämlich im Dunkeln. Und wenn der Zug dann über den beschrankten Bahnübergang fuhr und sich die Schranken senkten und die roten Warnlichter aufleuchteten, war ich glücklich.

Bald lernte ich, wie man mit Pappmaché modellieren kann. Aus Sperrholz und Draht baute ich einen Berg mit Tunnel. Die Einfahrt in den Tunnel kaufte ich im Spezialgeschäft „Ziem" und passte die mit Moos ausstaffierten Berghänge sorgfältig an sie an, genauso die Ausfahrt. Dann legte ich mich auf den Bauch und wartete gespannt darauf, dass die winzigen Scheinwerfer nach einer riskanten Tunneldurchfahrt im Dunkeln auftauchten. Größeres Entzücken kannte ich nicht!

Von Jahr zu Jahr wurde die Anlage größer. Ich baute Häuser, Bahnhöfe, Brücken, alles Mögliche. Ich lernte Verlängerungskabel für Weichen und Signale und Lampen selbst herzustellen; das war natürlich viel billiger als welche zu kaufen. Ich konnte sogar einen neuen Stromabnehmer an die Lokomotive montieren, als der alte verbogen war. Und mein Paradestück gelang, als meine Mutter eines Sonntags am Kochherd stand und hysterisch aufschrie, weil sich an der Wand hinter dem Herd eine Stichflamme gezeigt hatte und gleichzeitig die Sicherung durchgeknallt war. Nicht ohne Stolz klärte ich sie mit wissender Miene über die Ursache des Kurzschlusses auf, kappte das durchgeschmorte Kabel, spleißte einen neuen Anschluss auf und drehte die Ersatzsicherung ein.

Elektrizität war kein Geheimnis mehr für mich.

Es gab allerdings ein Problem, und das, ich habe es schon angesprochen, war meine Phantasie. In meiner Vorstellung wuchs die Eisenbahnanlage nämlich wesentlich schneller als in der Realität. Schon Wochen vor meinem Geburtstag oder vor Weihnachten entwarf ich immer neue Anlagen, die ich mit dem schon vorhandenen Gleismaterial gar nicht bauen konnte. Und ich notierte auf Zetteln, was ich noch brauchte und von wem ich mir was wünschen könnte. So entstand eine auf die gesamte Verwandtschaft individuell zugeschnittene Wunschliste. Selbstverständlich kannte ich alle Preise auswendig, von der winzigsten

Muffe bis zum sogenannten Krokodil, der schweizerischen Güterzuglokomotive. Und da ich sehr genau einschätzen konnte, welchen finanziellen Aufwand ich wem zumuten durfte, war meine Planung fast immer von Erfolg gekrönt.

Weihnachten 1960 hat das nicht geklappt. Schon die Tage vor Heiligabend habe ich in keiner guten Erinnerung, weil ich in Mathematik meine erste Fünf geschrieben hatte. Ausgerechnet so kurz vor Weihnachten. Das beeinflusst die Stimmung zu Hause. Natürlich war die Eisenbahn schuld; ich hatte ja auch nichts anderes mehr im Kopf! Aber damit würde jetzt Schluss sein; das sollte ich mir hinter die Ohren schreiben.

Meine Mutter tat verzweifelt und mein Vater schaffte es, noch vor den Weihnachtsferien einen Termin in der Schule zu bekommen und mit dem betreffenden Lehrer zu sprechen, der ihm keine so ganz schlechte Auskunft gab. Ich sei einfach faul, bekam er zu hören, wie es so viele andere Väter von so vielen anderen Lehrern, mit denen sie über ihre Söhne gesprochen hatten, auch schon gehört hatten. Trotzdem war die Fünf noch immer da, die häusliche Atmosphäre deutlich beschädigt. Das Wort Eisenbahn durfte nicht mehr erwähnt werden.

Erst als endlich der Weihnachtsabend kam, hellte

sich die Stimmung wieder auf. Am späten Vormittag, als alle Vorbereitungen getroffen waren und ich daran betont fleißig teilgenommen hatte, standen wir alle in der Küche und freuten uns auf den Abend und die Königin-Pastetchen, die bereits auf dem Blech im Ofen warteten. Mein Vater genehmigte sich eine Flasche Altbier. Meine Mutter wollte keines, aber nachdem sie es abgelehnt hatte, ergab sich plötzlich eine Stille, die mein Vater richtig interpretierte: er bot mir auch ein Glas Bier an. Ein halbes. Ich fühlte mich rehabilitiert.

Um 15.00 Uhr gingen wir in den Weihnachtsgottesdienst. Die Kirche war brechend voll. Ich versteckte mich zwischen den schweren Mänteln meiner Eltern und baute in Gedanken schon die neue Gleisanlage zusammen. Ihr strategisches Herz würde eine doppelte Kreuzungsweiche sein. Sie müsste die Verteileraufgabe übernehmen und die Züge auf eines der drei Gleise leiten, die ich erstmals für den auszubauenden Bahnhof vorgesehen hatte.

Die doppelte Kreuzungsweiche hatte ich mir von meinem Onkel gewünscht.

Der Zug, den ich ja schon hatte, und der Schienenbus, den ich meinen Eltern auf den Wunschzettel geschrieben hatte, würden also ganz langsam über diese Kreuzungsweiche in den Bahnhof einfahren, jeder auf sein Gleis. Und sie würden automatisch gestoppt werden von den Signalen, die meine Oma mir schenken würde. Das hatte sie mir auf Nachfrage schon angedeutet. Vorsichtshalber hatte ich mir genug Buchsen und Stecker besorgt, um auch genügend Verlängerungskabel herstellen zu können. Ich würde mich hinter den Trafo und die Stellpulte in die Zimmerecke setzen und alles automatisch steuern!

Als wir nach Hause kamen, stand der kleine blaue Fiat schon vor der Tür. Onkel Günter hatte Oma abgeholt und mit zu uns gebracht. Sie saß im Gartenzimmer hinter einem Glas Apricot Brandy, eingehüllt in Decken und zwischen Kissen, ihre Rückenschmerzen quälten sie wieder einmal. Trotzdem lächelte sie mir freundlich zu. „Freust Du Dich?"

Wir aßen Stollen und tranken Tee und sangen Lieder. Als es endlich dämmerte, verschwand meine Mutter im Weihnachtszimmer, und ich wartete ungeduldig auf das Läuten des Glöckchens. Hoffentlich würde ich bei dem Gedicht nicht ins Stocken kommen, das ich gelernt hatte! Ich nahm mir vor, nicht zu meinem Gabentisch zu gucken, während ich es aufsagte!

Dann läutete das Glöckchen. Onkel Günter half Oma aus dem Sessel, mein Vater und ich packten uns die Decken und Kissen unter den Arm und trugen sie ins Weihnachtszimmer, wo ebenfalls ein großer Sessel stand. Es gab etwas Unruhe, weil er so stand, dass

Oma aus diesem Sessel heraus den Baum kaum sehen konnte.

Meine Mutter schaute meinen Vater etwas vorwurfsvoll an; ich überblickte die Situation sofort und schob den Sessel so in Stellung, dass Oma bequem und ohne sich drehen zu müssen alles überblicken konnte. Schließlich war alles bereit. Wir sangen, wie wir es jedes Jahr taten, „Am Weihnachtsbaum die Lichter brennen". Ich sagte diesmal fehlerfrei mein Gedicht auf und wir nahmen uns alle in den Arm. Dann endlich durfte man die Tische mit den Geschenken betrachten.

Mich beunruhigte sofort, dass kein Päckchen zu sehen war, das eine doppelte Kreuzungsweiche enthalten könnte. Ich wusste genau, wie groß der Karton mit der doppelten Kreuzungsweiche war; ich hatte ihn ja -zigmal in der Hand gehalten in den Wochen vor Weihnachten, als ich bei „Ziem" meine strategischen Planungen vorgenommen hatte. Einige Päckchen auf meinem Tisch waren eindeutig zu klein; zwei, drei andere ebenso eindeutig zu groß. Den Maßen eines Kartons mit doppelter Kreuzungsweiche entsprach keines. Ob mein Onkel mir vielleicht noch mehr schenken würde? Vielleicht ein paar Schienen dazu, die man immer brauchen kann?

Mein Herz klopfte, als ich mit dem Auspacken begann. Es waren sehr schöne Geschenke: Eine neue

Federtasche für die Schule, eine stabile Luftpumpe fürs Fahrrad, verschiedene Bücher, unter anderen „Das neue Universum", das jedes Jahr neu erschien und immer spannende Geschichten enthielt, viel Marzipan, dicke Handschuhe und natürlich der Schienenbus und die Signale. Das letzte Päckchen, das von meinem Onkel, enthielt ein dickes Buch: „Die Geheimnisse der Mathematik".

Ich begriff sofort, wie das gemeint war: Er wollte mich bestrafen! Bestrafen und erziehen wegen der Fünf in Mathematik. Und so, wie er mich ansah, als ich zu ihm hinüber guckte, lag ich damit nicht falsch. Sein Gesichtsausdruck zeigte Genugtuung.

Ich spürte heiße Nadelstiche über mein Gesicht rasen, als ich das wahrnahm, und ich konnte nicht verhindern, dass mir Tränen kamen. Doch gleichzeitig fühlte ich etwas Überraschendes: Die Tränen waren mir nicht peinlich. Im Gegenteil: ich freute mich über sie, weil sie gerechtfertigt waren. Und ich dachte – und das weiß ich noch ganz genau -: wenn einer mich erziehen darf, dann sind das meine Eltern. Mein Vater und meine Mutter. Nicht er!

Dieser Gedanke tröstete mich ungemein. Ich hatte eine starke Position. Ich wusste, dass mein Onkel falsch gehandelt hatte. Deshalb konnte er mich nicht verletzen.

„Komm mal zu mir!", sagte Oma, die den Zusammenhang sofort verstanden hatte. „Komm!", sagte sie, als ich da stand, nach außen wie ein Häufchen Elend, innerlich aber wie David, der Goliath besiegt hatte. Sie wickelte sich aus den Decken und zog meinen Kopf an ihre Brust und sagte: „Wir werden sehen, was wir machen können."

Der Bettler mit dem Kaffeebecher

Herr Godehard war gehobener Stimmung: Er hatte ein Geschenk für seine Frau gefunden! Die Verkäuferin hatte ihn mit viel Geduld beraten. Sie hatte ihn so herzerwärmend angeschaut. Ihr Blick hatte ihm die Seele aufgeräumt. Herr Godehard spürte, dass irgendetwas in ihm weicher geworden war, und er freute sich auf Weihnachten.

In dieser Stimmung verließ er die Buchhandlung und trat hinaus in die Kälte. Die konnte ihm aber nichts anhaben. Beglückt schlenderte er gemächlich in Richtung U-Bahn. Wie wunderbar es ist, Zeit zu haben, dachte er, als die Leute rechts und links an ihm vorbei hetzten. Er dachte es alle Jahre wieder, immer, wenn er von der Last des Geschenke-Aussuchens befreit war.

Da hatte er plötzlich einen kleinen Appetit. Er schaute sich um nach etwas, auf das er Lust haben könnte. Vor der Brücke hatte ein Waffelbäcker seinen Stand aufgebaut; aber eine Waffel war ihm zu süß. Er dachte an etwas Salziges, Herzhaftes, in das man mit Lust hineinbeißen kann.

Godehard überquerte die Fahrbahn und betrat eine Bäckerei. Auf dem Tresen fiel ihm eine Schale mit knusprigen Laugenbrezeln ins Auge, mit Butter und Schnittlauch. Er zeigte der Bedienung, welche er haben wollte – eine, die mit viel Butter bestrichen war -, ließ sie sich einpacken, nahm die Tüte und das Wechselgeld - 50 Cent - entgegen und trat wieder hinaus auf die Straße.

Zur U-Bahn, die hier auf einer Brücke die Straße überquerte, waren es nur wenige Meter. Godehard nahm nicht die Rolltreppe, sondern die Stufen. Treppensteigen ist gesund, sagte er sich und nahm immer zwei Stufen auf einmal. Er fühlte sich frisch belebt und belastbar, unternehmungslustig. Ganz anders als in seinem Büro.

„3 Minuten", stand auf der Anzeige. Er schaute reflexartig auf seine Armbanduhr und bemerkte die Tüte, die er in der Hand hielt. Sofort war der kleine Appetit wieder da. Godehard öffnete die Tüte, fischte die Brezel halb heraus und biss mit Lust hinein. An einer Stelle trat wulstig die Butter hervor; er konnte sie aber mit der Zunge vor dem Herunterfallen bewahren. Während er genießerisch kaute, erschien ihm plötzlich ein Kamel mit seinem riesigen Gebiss vor Augen.

Kauend wanderte Godehard den Bahnsteig entlang. Er hatte die Angewohnheit sich auszurechnen, wo am Zielbahnhof er aussteigen muss, um dort einen möglichst kurzen Weg zum Ausgang zu haben. Diesmal würde er in den letzten Waggon einsteigen müssen.

„1 Minute", stand auf der Anzeigetafel für die Züge.

Da fiel Godehards Blick auf einen Bettler. Vor Weihnachten gibt es mehr Bettler als sonst, dachte er. Manche sitzen stundenlang auf eiskalten Gehwegen oder sogar im Regen. Dieser hier stand zusammengekauert an eine Säule gelehnt. Unbewegt starrte er vor sich hin, die Augen halb geschlossen, das Gesicht nach unten gebeugt. Ein Bild des Jammers. Er friert, dachte Godehard. Auf dem Kopf trug der Mann eine gestrickte, rot-weiße Nikolausmütze mit Bommel, in der vorgestreckten Hand hielt er einen Kaffeebecher. Bedürftig sieht er eigentlich nicht aus, fand Godehard. Allein, dass er so starr und stumm vor sich hinguckt. Vielleicht ein Alkoholiker. Oder Drogen.

In diesem Augenblick fühlte Godehard die 50-Cent-Münze, die er beim Bäcker zurückerhalten hatte, und die er immer noch in der Hand hatte. Kurz entschlossen warf er sie dem Bettler in den Becher. Der schreckte hoch. Als wundere er sich darüber, dass ihm tatsächlich jemand etwas gab. Nicht jeder verdient sein Geld im Schlaf, erwog Godehard. Nicht einmal ein Dankeschön war zu hören.

„Fährt sofort", stand auf der Anzeigetafel.

Als der Zug zum Stehen kam und Godehard einsteigen wollte, hörte er plötzlich schnelle Schritte hinter sich. Und fast im selben Augenblick legte sich eine Hand fest auf seine Schulter. Erschrocken drehte er sich um. Der Bettler. „Was soll der Quatsch?", schrie er mehr als er sprach.

Godehard begriff nicht. Was wollte der Kerl? Ärgerlich versuchte er seine Schulter aus dem unangenehmen Griff zu lösen, doch das gelang ihm nicht. Die Hand hielt ihn fest. Godehard spürte, dass es ernst war.

„Wollen Sie mich verarschen?" Der Bettler ließ nicht locker.

Noch einmal unternahm Godehard den Versuch, die Hand abzuschütteln und in die Bahn einzusteigen. Doch dem Bettler schien es bitter ernst zu sein. Aus seinem Gesicht sprach ehrliche Empörung. Da musste irgendetwas sein, das ihn so in Wut versetzte, und von dem Godehard nichts wusste. Aber genau in dem Augenblick, in dem sich die Blicke der beiden Männer trafen, geschah etwas Eigenartiges. Die Gesichtszüge des Bettlers veränderten sich. Und wie bei einer gelungenen Überblendung im Film verschwamm die Empörung, und an ihrer Stelle bildete sich ein breites Grinsen. Godehard konnte die urplötzliche Veränderung seines Gegenübers nicht fassen.

„Sie könnten sich aber wenigstens entschuldigen!",

sagte der jetzt und prustete laut los vor Lachen.

Ohne, dass die beiden es bemerkten, piepte es ein paarmal, und die Tür des Wagens, der vor ihnen zum Stehen gekommen war, schloss sich wieder. Der Zug fuhr ab; die Männer blieben auf dem Bahnsteig zurück. Godehard, erleichtert, aber auch verunsichert, schaute den Bettler an wie ein personifiziertes Rätsel. Er verstand immer noch nichts. Da hob der Bettler ganz langsam, wie ein Zauberer, der sich auf die vorhersehbaren Reaktionen seiner Zuschauer freut, seinen Kaffeebecher und drehte ihn ebenso langsam um, so dass die Öffnung immer mehr nach unten zeigte, bis schließlich das 50-Cent-Stück herausfiel und auf dem Bahnsteig landete. Und mit ihm der restliche Kaffee, den sein Eigentümer jetzt nicht mehr trinken wollte.

Ein Baum mit Charakter

Mein Vater stammt aus Thüringen. Da gibt es herrliche Tannenwälder. Aber das kann nicht der Grund für seine Marotte sein, unter der die ganze Familie jahrelang gelitten hat. Jedes Jahr! Wenn es wieder mal gut gegangen war, atmeten alle auf. Doch einmal ging es eben nicht gut.

Alle Jahre wieder, spätestens am 2. Advent, sagte meine Mutter: „Wir müssen uns allmählich um einen Weihnachtsbaum kümmern." Dabei hatte sie immer schon ein Seufzen in der Stimme, denn sie wusste ja, was mein Vater darauf antworten würde: „Ich bitte dich: es sind doch noch mehr als 14 Tage bis Weihnachten! Warum soll der Baum so lange bei uns im Garten herumstehen?"

Was er wirklich meinte, war etwas ganz anderes: je näher der Heilige Abend heranrückte, desto billiger würden die Bäume werden. Das sei immer so. Ob das richtig war, wussten wir nicht. Mein Vater behauptete es jedenfalls voller Überzeugung. Dabei ging es ihm gar nicht ums Geld. Es war eine Art Sport für ihn. Je billiger, desto größer der Erfolg. Und jedesmal, wenn er kurz vor dem Heiligen Abend loszog und dann zwei, drei Stunden später mit einem Baum zurückkam, strahlte er übers ganze Gesicht. „Nur einen Tag vorher, und ich hätte das Doppelte bezahlt!", behauptete er alle Jahre wieder. Wir hätten es alle mitsingen können.

Einmal jedoch trieb er es auf die Spitze. Meine Mutter stand dicht vor einem Nervenzusammenbruch, als er endlich aufbrach um den Baum zu besorgen. Es war bereits Heiligabend. Mein Vater hatte in aller Ruhe gefrühstückt und dabei gründlich die Zeitung gelesen. Und jedesmal, wenn er eine Seite zurück blätterte, weil er irgendetwas, das er bereits gelesen hatte, doch noch einmal nachlesen wollte, stöhnte sie hörbar. Daraufhin blickte er nur kurz auf und schüttelte den Kopf: „Was hast du denn?"

Es war schon nach elf, als er seine alte Lederjacke anzog und sich auf den Weg machte. Als es zwölf wurde, hatte meine Mutter mindestens 5mal auf die Uhr geguckt, und danach tat sie es alle zwei oder drei Minuten. „Wo bleibt er denn?", jammerte sie und ahnte das Schlimmste. Wir Kinder fanden das sehr aufregend.

Endlich hörte man sein Auto vorfahren. Auf dem Dach, festgezurrt, ein Baum. „Gott sei Dank", seufzte sie. Doch als mein Vater ihn kurz darauf durch die

Kellertür ins Haus trug und im Wohnzimmer auf den Fußboden legte, war er ungewohnt still. Er brachte den Christbaumständer und fragte in einem leicht ruppigen Ton nach einer Schere, mit der er das Netz, das die Zweige des Baums zusammenhielt, sorgfältig entfernte. Schließlich stellte er den Baum aufrecht hin und guckte uns an, als wolle er allen präventiv den Mund verbieten. „Das hängt sich aus!", sagte er schließlich.

Als wir den Baum - schweigend - endlich im Ständer festgeschraubt hatten und zwei Schritte zurücktraten, um ihn in seiner ganzen Schönheit zu bewundern, sahen wir die Bescherung. Etwa auf halber Höhe war auf der einen Seite ein deutliches Loch zu erkennen. Eine unübersehbare Unwucht. Einige Zweige waren sehr kurz geraten, einige abgeknickt, andere schienen ganz zu fehlen. Als hätte jemand sehr laienhaft mit der Heckenschere hantiert.

„So preiswert habe ich noch nie einen Baum gekauft", sagte mein Vater. Wir glaubten es ihm. Doch es ging kein Strahlen über sein Gesicht; es klang eher wie ein Schuldbekenntnis, als er vorschlug, ihn so zu drehen, dass das Loch zur Wand hin zeigte. Aber man konnte drehen, solange man wollte: die Unwucht blieb. Und dazu gesellte sich die Entdeckung, dass der Stamm auch lange nicht so kerzengerade war wie gewohnt.

Oberhalb der Unwucht wies der Stamm einen starken, unschönen Knick auf, als sei er vor etwas zurückgeschreckt. Unglücklicherweise war dieser Knick immer dann besonders deutlich zu sehen, wenn das Loch in den Zweigen einigermaßen versteckt war. Und wenn wir versuchten, den Knick so zu drehen, dass man ihn nicht auf den ersten Blick sah, offenbarte sich das Loch erneut in seiner ganzen Hässlichkeit.

Was blieb uns anderes übrig, als den Baum besonders üppig zu schmücken! Eine solche Häufung von Christbaumkugeln hatte es bei uns noch nie gegeben. Wir taten alles, um seine allzu deutlichen Schwächen zu kaschieren. Mein Vater strengte sich dabei besonders an. Es war nicht zu überhören, dass er sehr kleinlaut geworden war. Und er schien aus tiefstem Herzen dankbar dafür zu sein, dass seine Frau nicht sagte, was sie dachte.

Das eigentliche Problem war aber nicht der Baum, sondern die Familie meines Onkels väterlicherseits. Die wurde wie jedes Jahr zum Festschmaus am ersten Weihnachtstag erwartet.

Uns schwante Böses.

Als sie an der Wohnungstür klingelten, verschwand mein Vater in der Küche, um die Gans zu begießen. „Oh, wie das riecht!", sagte Onkel Hans und schritt ohne Verzug ins Weihnachtszimmer. „Lasst uns doch mal den Baum angucken!"

Dann war es eine Weile still. Ganz still. So lange, dass mein Vater die Schürze ablegte und zu uns allen ins Wohnzimmer kam um zu erfahren, was sich da abspielte.

„Der ist ja witzig!", sagte mein Onkel gerade. Er war von einer Seite zur anderen gegangen und hatte den Baum gnadenlos betrachtet. „Wo habt ihr den denn her?"

„Wieso?", fragte mein Vater unschuldig wie ein Lamm.

Meinem Onkel verschlug es fast die Sprache.

„Aber ich bitte, dich: das ist doch kein Baum!"

„Wieso?", fragte mein Vater, „wieso ist das kein Baum?"

Meine Tante, die den ewigen Wettstreit zwischen den Brüdern kannte, versuchte zu vermitteln.

„Hans meint wahrscheinlich, dass der Baum nicht ganz so gerade ist wie sonst. Aber das ist doch nicht weiter schlimm, nicht wahr, Susanne?"

Meine Mutter nickte dankbar. Doch Onkel Hans fühlte sich nicht ernst genommen.

„Nicht gerade? Der hat einen Buckel wie ein uraltes ergrautes Mütterchen. Und in der Hüfte …"

„Was ist mit der Hüfte?", griff mein Vater ein. Zu

unserer Verwunderung klang es überhaupt nicht schuldbewusst. Es klang eher danach, als würde hier eine unerwartete Wende vorbereitet. Das schien auch mein Onkel zu ahnen, denn er überlegte sich jetzt genau, was er sagen wollte.

„Na, guck dir das doch an. Der hat ja auf der einen Seite gar keine Hüfte. Die ist weg. Einfach weg. Nichts. Null!

Meine Mutter schaute meinen Vater an. Ich auch. Das würde er nicht so einfach wegstecken. Zunächst schwieg er. Doch nach einigen Sekunden erschien auf seinem Gesicht ganz allmählich das Strahlen, das wir gestern beim Aufstellen des Baumes vermisst hatten. Uns war sofort klar: er führte irgendetwas im Schilde. Wir, die wir ihn gut kannten, merkten, dass er nur auf den geeigneten Augenblick wartete.

Und mein Onkel, der das wohl auch ahnte? Der wurde nervös. „Ist ja auch egal!", versuchte er einzulenken. „Sonst habt Ihr ja immer sehr schöne Bäume gehabt!"

Das hätte er nicht sagen dürfen. Denn das war der Augenblick, auf den mein Vater gewartet hatte. Er atmete tief ein und fragte dann scheinbar harmlos:

„Habt ihr denn einen schönen Baum, so wie sonst immer?"

Onkel Hans zögerte. Die Frage kam ihm komisch

vor. Aber was sollte er sagen?

„Naja, wir haben ihn gekauft, wo wir ihn immer kaufen. Da wissen wir, dass wir was Gutes kriegen. Einen geraden Stamm, die Zweige unten weit ausladend und sich nach oben hin verjüngend. Und immer gleiche Abstände von Zweig zu Zweig."

„Hab ich mir gedacht", sagte mein Vater.

„Was hast du dir gedacht?"

„Dass er aussieht wie alle anderen!"

Jetzt ging er zum Angriff über.

„Wie alle, die in Reih und Glied auf den Weihnachtsbaumplantagen wachsen. Wie aus einem Modellbaukasten! Industrieware! Einer wie der andere."

Onkel Hans, seine Frau, seine Kinder, wir alle wussten ganz genau, dass das letzte Wort noch nicht gesprochen war.

„Und jetzt guck dir mal ganz genau diesen Baum an!", sagte mein Vater, „was der für ein Leben gehabt hat. Am Waldrand. In Wind und Wetter. Da haben sich die Rehe und die Hirsche dran gerieben."

Alles schwieg. Aber mein Vater war noch nicht fertig. Das Beste hatte er sich bis zum Schluss aufgehoben.

„Und weißt du auch, was dieser Baum hat?"

Jetzt musste es kommen!

„Er hat Charakter! Jawohl, Charakter hat er. Und deshalb passt er so gut hierhin!"

Repair-Café

„Sag mal: Du hattest doch mal einen Plattenspieler. Hast du den eigentlich weggeschmissen?"

„Nee, der muss irgendwo auf dem Boden stehen."

„Geht der nicht mehr?"

„Doch, glaub ich schon."

„Dann können wir den doch Janna schenken. Muss doch nicht gleich ein neuer sein."

Janna, die Tochter, gerade mal 14, war auf einem Nostalgie-Trip. Sie hatte sich zu Weihnachten einen Schallplattenspieler gewünscht. Eine Platte hatte sie schon: ‚Sergeant Pepper' von den Beatles, 1967. Da war noch nicht mal ihre Mutter geboren.

„Total abgefahren, die Texte", hatte sie geschwärmt. „Hört mal!" Und dann hatte sie die ersten Zeilen gesungen:

‚Wednesday morning at five o'clock

As the day begins

Silently closing her bedroom door

Leaving the note that she hoped would say more…"

„Das ist doch der Song, wo die Tochter von zu Hause

abhaut …" sagte Paul, der Vater. Und Janna nickte sofort mit dem Kopf: „Weil die Eltern sie nie verstanden haben", erklärte sie vielsagend, mit leichtem Triumph in der Stimme.

„Ach so!", sagte Paul nach einer kleinen Denkpause, ein wenig düpiert. „Genau so!", antwortete Janna und tanzte über den Flur in ihr Zimmer.

Am Sonnabend, als Janna nicht zu Hause war, begaben sich Paul und Anne, die Eltern, auf den Boden.

„Was hier alles rumsteht", wunderte er sich.

„Die meisten Sachen sind doch von dir!"

Während sie beide zusammen einen Karton nach dem anderen öffneten, sang Anne leise das Lied der Beatles vor sich hin: „Something inside, that was always denied, for so many years."

Paul stutzte. „Gibt es irgendwas, das wir Janna vorenthalten haben? Glaubst du, dass Janna das Lied deshalb so gut findet?"

„Vielleicht. In dem Alter träumen sich die Teenies doch alle weg von zu Hause."

„Ach so!", meinte Paul, obwohl er in Gedanken den Kopf schüttelte.

„Genau so!", sagte Anne. Und dann wühlten sie weiter zwischen all den Kartons herum, öffneten sie, husteten, wenn Staub aufwirbelte, und machten sie wieder zu.

„Vielleicht hast du ihn doch weggeschmissen", meinte Anne schließlich.

„Nee, ganz bestimmt nicht."

„Dann müssten wir ihn doch finden."

Und sie fanden ihn! Nicht in einem Karton, sondern in eine Decke eingewickelt hinter den Koffern.

„Sieht eigentlich noch ganz gut aus", urteilte Paul. Aber als sie ihn ausprobierten, tat sich nichts. „Krieg ich hin!", sagte Paul mit Überzeugung und machte sich sofort ans Werk. Den ganzen Nachmittag fummelte er in der Küche an dem Plattenspieler herum. Schraubte hier, schraubte da. Aber: Fehlanzeige! Kurz, bevor sie Janna wieder zu Hause erwarteten, gab er es auf.

„Wenn wir den irgendwo reparieren lassen, können wir auch gleich einen neuen kaufen. So ne Reparatur kostet mindestens 100 Euro."

Anne guckte ihn enttäuscht an. „Schade", meinte sie. „Janna hätte sich so gefreut." Aber dann erschien plötzlich ein Leuchten auf ihrem Gesicht. „Moment!" Sie verschwand und kam mit einem bunten Flyer zurück. „Nächsten Sonnabend ist wieder Repair-Café im Kulturhaus."

„Repair-Café?"

„Ja, da kannst du mit deinen kaputten Sachen hingehen, und da sind dann irgendwelche Fachleute, die reparieren sie."

„Und was kostet das?"

„Nur'n Trinkgeld. Und vielleicht das Material. Das sind ja alles Ehrenamtliche."

„Ach so!", sagte Paul. Und Anne antwortete: „Genau so!"

„Aber dann kann das doch nichts werden!", gab Paul zurück. Leicht vergrätzt wickelte er den Plattenspieler wieder in die Decke ein und trug ihn zurück auf den Boden. Er konnte, nein: er wollte sich nicht vorstellen, dass ein „Ehrenamtlicher" schaffte, was er den ganzen lieben, langen Sonnabendnachmittag nicht fertiggebracht hatte. Doch im Lauf der Woche gelang es seiner Frau, ihn weich zu klopfen. „Du vergibst dir doch nichts!", argumentierte sie. „Ist doch einen Versuch wert. Wenn's klappt, umso besser."

Paul nahm sich reichlich Bedenkzeit, aber am Sonnabend, als sein Widerwillen gegen die Aktion schon etwas schwächer geworden war, machte er sich mit dem Plattenspieler unterm Arm auf den Weg ins Repair-Café. Am Eingang saßen zwei Frauen an einem großen Tisch und erkundigten sich nach seinen Wünschen. Nicht ohne Schamgefühle präsentierte er den Plattenspieler und sagte: „Der tut's nicht mehr. Hab alles versucht."

Eine der Frauen begutachtete zuerst das Gerät von

allen Seiten - was Paul kaum aushalten konnte - und guckte dann in eine Art Stundenplan. „Herbert müsste das können. Aber der ist gerade beschäftigt. Wenn Sie ein bisschen warten können …"

Paul brummelte etwas Unverständliches und setzte sich auf einen der Stühle, die herumstanden. Nach nicht mal einer Minute stand er ungeduldig wieder auf und warf einen Blick in den großen Saal, aus dem so viele Stimmen und Gelächter kamen. Da standen etwa 10 größere Tische. Und an jedem saßen und standen Leute, begutachteten irgendwelche Gegenstände, nahmen sie in die Hand, kommentierten sie und machten nachdenkliche Gesichter. Ganz in der Nähe des Eingangs, an dem Paul stand, hatten sich eine Frau und ein Mann über eine kleine Schildkröt-Puppe gebeugt. Sie schienen sich über irgendetwas unschlüssig zu sein. Als der Mann die Puppe aufnahm, sah Paul, dass ihre Beine kraftlos herabhingen; es ging wohl darum, wie man sie wieder arretieren könnte. ‚Da bin ich aber mal gespannt', dachte Paul, ‚wie sie das hinkriegen.' Doch gerade als der Mann eine lange, sehr schmale Zange in die Hand nahm und zur Tat schreiten wollte, spürte Paul ein Finger-Tippen auf seiner Schulter; es kam von einem Mann, der hinter ihm stand.

„Sind sie der mit dem alten Plattenspieler?"

Paul war spontan etwas ungehalten über diese Art

der Annäherung, aber dann besann er sich und sagte einfach „ja".

„Dann kommen Sie mal mit!" Der Ehrenamtliche, wie Paul ihn heimlich bezeichnete, schritt voraus, drehte sich dann noch einmal um, reichte ihm die Hand und sagte: „Ich bin Herbert."

‚Von mir aus", dachte Paul und sagte „Paul". Er blieb skeptisch. Und als Herbert dreimal um den Plattenspieler herumgegangen und ihn wirklich intensiv von allen Seiten betrachtet hatte - „das ist ein vorsintflutliches Modell, aber ein verdammt gutes Stück!", äußerte er anerkennend -, meldete sich bei Paul eine kleine, gemeine Schadenfreude. Tief in seinem Inneren. ‚Der bringt es auch nicht!", dachte er und rieb sich heimlich die Hände.

Doch dann reichte ihm Herbert plötzlich ein Blatt Papier und bat ihn zu unterschreiben. „Nur für den Fall, dass etwas kaputt geht", sagte er. Paul unterschrieb; jetzt wurde es interessant für ihn.

Herbert holte sich einen kleinen, gut ausgestatteten Werkzeugkasten und machte sich an die Arbeit. „So weit war ich auch schon", klopfte sich Paul heimlich und siegesbewusst auf die Schulter. Und je länger er wartete, desto besser wurde seine Laune.

Doch dann, er war gerade ein bisschen eingenickt, tippte es wieder auf seine Schulter. „Läuft!", sagte

Herbert. Und tatsächlich: der Plattenteller drehte sich, der Plattenarm senkte sich und setzte behutsam auf der Platte auf, die Paul vorsichtshalber mitgebracht hatte.

‚Wednesday morning at five o'clock

As the day begins ...'

Herbert grinste, als er Pauls Gesicht sah. „Super Song", sagte der und drückte auf ‚Stop'. Dann wickelte er den Plattenspieler wieder in die Decke und überreichte ihn Paul. „Wär' wirklich schade drum gewesen."

„Vielen Dank", brachte Paul mühsam über die Lippen, setzte das gute Stück noch einmal ab und griff ins Portemonnaie. Er kam gar nicht auf die Idee zu fragen, wie Herbert das hingekriegt hatte.

„Zehn Euro bloß?", fragte ihn seine Frau, als er wieder zu Hause war. „Ist das nicht ein bisschen wenig?"

„Der hat doch höchstens 5 Minuten dran gearbeitet", sagte Paul.

„Und du hast einen ganzen Nachmittag ..." Anne biss sich eine Sekunde zu spät auf die Zunge, und Paul verließ wortlos das Zimmer.

Dann kam der Heilige Abend. Und mit ihm die Bescherung. Allerdings im doppelten Sinne. Denn nachdem die ersten Jubelstürme Jannas verklungen waren und sie eine Platte aufgelegt hatte - ‚Sergeant

Pepper', was sonst? - tat sich gar nichts. Zwar leuchtete das grüne Kontrolllämpchen auf und der Plattenteller begann sich erwartungsgemäß zu drehen, aber das war auch alles. Der Plattenarm ruhte stoisch in seiner Gabel und verweigerte komplett seine Mitarbeit. Außer einem fast unhörbaren Drehgeräusch war nichts weiter zu vernehmen, und die Beatles schon gar nicht.

Während Janna und ihre Mutter mehr als enttäuscht auf den renitenten Plattenarm starrten, richtete sich Paul zu voller Größe auf. „Ehrenamtlich!", sagte er vielsagend gedehnt, mehr nicht. Aber seine Genugtuung war nicht zu überhören. So eine Reparatur hätte man einem Ehrenamtlichen auf gar keinen Fall überlassen dürfen. Das hatte er von Anfang an gesagt. Und wie recht er gehabt hatte!

Mit neu erblühtem Selbstbewusstsein schritt er in die Küche und holte eine Flasche Champagner aus dem Kühlschrank. Doch als er den Korken mit einem lautem, sehr gut gelaunt schienenden ‚Plopp' aus der Flasche zog, hörte er gleichzeitig eine zarte, melodische Stimme:

‚Wednesday morning at five o'clock

As the day begins' …

Schritt für Schritt, die Champagnerflasche in der Hand, schlich Paul aus der Küche über den Flur zum Weihnachtszimmer und schaute vorsichtig durch die

Tür. Er war sehr, sehr neugierig geworden. Doch was er sah, konnte er kaum glauben: ‚Sergeant Pepper' drehte sich gleichmäßig und zuverlässig auf dem Plattenteller, während Janna davor stand und Paul und John glückstrahlend mit ihrer Jungmädchenstimme begleitete.

„Was war denn?", flüsterte Paul seiner Frau beinahe fassungslos zu.

„Nichts", sagte sie, „nur der Tonarm war noch arretiert. Wahrscheinlich, damit er sich beim Transport nicht löst."

Hätte Paul nicht den Champagner in der Hand gehabt und die Gläser auf dem Esstisch gesehen, hätte er hilflos neben dem Weihnachtsbaum gestanden.

„Ach so", grummelte er, als er sich anschickte die Gläser zu füllen. Es klang wie das Eingeständnis einer Niederlage. Und Anne und Janna sagten wie aus einem Mund: „Ja, genau so!"

Ein Geschäftsmodell

Glühwein braucht Zuwendung. Den Wein einfach nur heiß machen und Zimt und Nelken rein, das schmeckt nicht. Außerdem sollte man nicht jeden x-beliebigen Wein nehmen, sondern ihn sorgfältig auswählen. Dabei muss er keinesfalls teuer sein. Am besten ist spanischer Rotwein aus der Mancha. Einer, der nicht zu süß ist und so ein Gefühl wie Samt auf der Zunge hinterlässt. Den sollte man mit Zimtstangen, Nelken und Sternanis langsam erhitzen und kurz, bevor er richtig heiß ist, großzügig mit frischem Orangensaft ablöschen.

Auf dem kleinen Weihnachtsmarkt auf unserem Kirchplatz war ein Stand, der sich wohl an dieses Rezept gehalten hat, denn er war jeden Abend dicht umlagert. Vielleicht spielten auch die frostigen Temperaturen eine Rolle. Jedenfalls standen die Leute in kleinen Grüppchen herum, eingepackt in dicke Jacken und Mäntel und hielten Glühweingläser zwischen ihren zusammengelegten Handflächen. So wärmte er nicht nur den Magen, sondern auch die Hände. Aus Gläsern, die gerade frisch abgefüllt worden waren, dampfte es herrlich, und der Geruch war köstlich!

Drumherum vergnügten sich Kinder. Und wenn jemand mehr als nur einen Abend auf diesem Weihnachtsmarkt war, sind ihm vielleicht auch die beiden Jungen aufgefallen, 9 oder 10 Jahre alt, die nach Einbruch der Dunkelheit jeden Abend dort herumliefen. Fast immer hatten sie eine Tüte mit Schmalzgebäck in der Hand, ihre Münder verschmiert mit Puderzucker.

Eines Abends, als ich allein gekommen war und aus einigen Metern Entfernung nach einem Bekannten unter den Glühweinkunden Ausschau hielt, mit dem ich etwas klönen könnte, nahm plötzlich eine klitzekleine Bewegung meine ganze Aufmerksamkeit in Anspruch. Sie dauerte nur ein oder zwei Sekunden, und ich konnte kaum glauben, was ich da gesehen hatte. Doch ich war mir sicher, dass eine Täuschung ausgeschlossen war. Bei der winzigen Bewegung handelte es sich um eine kleine Hand, die von unten aufzutauchen schien, sich am äußersten linken Ende der Theke ganz vorsichtig vortastete, bis sie eines der gebrauchten, aber noch nicht gespülten Glühweingläser erwischte und, als sie es fest in der Hand hatte, schnell von der Theke herunterzog.

Zuerst dachte ich, das sei irgendeiner blöder Spaß.

Aber dann fiel mir ein, dass man für jedes Glass einen Euro Pfandgeld hinterlegen muss, den man bei der Rückgabe des Glases erstattet bekommt. War ich da etwa auf einen kleinen, ungesetzlichen Zeitvertreib gestoßen?

Um zu überprüfen, ob mein Verdacht berechtigt war, versteckte ich mich so hinter einem größeren Weihnachtsbaum, dass ich die linke Ecke der Theke gut überblicken konnte, ohne selbst aufzufallen. Und ich musste tatsächlich nicht lange warten, bis die kleine Hand wieder erschien, sich unauffällig an die geleerten Gläser heran schob und blitzschnell nach einem von ihnen griff. Zack!

Es gelang mir, die Hand und den dazu gehörenden Arm nicht mehr aus dem Auge zu lassen, bis ich erkennen konnte, zu wem sie gehörten. Es war einer der beiden Jungen mit dem Schmalzgebäck. Unauffällig folgte ich ihm und konnte beobachten, wie er das Glas stolz seinem Freund zeigte und dann unter seine dicke Jacke schob.

Scheinbar ziellos trödelten die beiden dann eine Weile über den Markt, immer unauffällig verfolgt von mir, bis sie sich erneut dem Glühweinstand näherten und sich der kleine Diebstahl wiederholte. Diesmal war es der andere der beiden Jungen, der sich wie zufällig an die linke Ecke der Theke heran schob und in einem günstigen Augenblick ein Glas eroberte. Das war gekonnt. Das war dreist! Das war Methode!

Ich behielt die beiden Knirpse im Auge. Es dauerte nicht lange, bis sie zurückkamen und zwei leere Gläser über die Theke schoben, worauf sie anstandslos zweimal Pfandgeld erhielten. Wahrscheinlich war es das Personal am Glühweinstand gewohnt, dass die Kinder die Gläser der Eltern zurückbrachten und sich auf diese Weise etwas Taschengeld verdienten.

Damit war die Geschichte für mich aber noch nicht zu Ende. Sollte ich etwas unternehmen? Denn das, was ich da beobachtet hatte, war eindeutig kriminell. Das war kein dummer Jungenstreich mehr à la Tom Sawyer und Huckleberry Finn. Das war Betrug! Wer weiß, wieviele Gläser die beiden Knirpse schon auf ihre Art ‚recyclet' hatten.

Aber was sollte ich tun?

Ich muss gestehen, dass ich das Geschäftsmodell der beiden eigentlich ganz originell fand. Damit will ich es aber keineswegs gutheißen, denn das Unrecht, das die beiden begingen, war nicht wegzudiskutieren und schon gar nicht zu entschuldigen. Andererseits konnte ich nicht umhin, die Pfiffigkeit, die hinter der Idee stand, zu bewundern. Nach einiger Überlegung entschloss ich mich, keine große Affäre aus der Sache zu machen, aber den beiden Übeltätern doch ins

Gewissen zu reden.

Als der eine von ihnen ein weiteres Glas vom Tresen stibitzt hatte, griff ich blitzschnell nach seinem Arm und hielt ihn fest. Er sah mich erschrocken an, sagte aber nichts. Das war, sagte ich mir, ein klares Schuldbekenntnis. Womit ich nicht gerechnet hatte, war, dass sein Kumpel sich nicht etwa aus dem Staub machte und in Sicherheit brachte, sondern dass er plötzlich vor mir auftauchte und sich mit seinem Freund solidarisierte.

„Was hat er denn getan?", wollte er von mir wissen, spielte den Empörten und deutete auf meine Hand, mit der ich den erwischten Übeltäter immer noch am Arm hielt.

„Sie dürfen ihn gar nicht festhalten!"

Da hatte er natürlich recht. Zögernd ließ ich den Arm los und ging meinerseits zum Angriff über.

„Ich hab alles gesehen. Was ihr da macht, ist Betrug!"

„Wieso?"

„Weil ihr die leeren Gläser klaut. Weil ihr kein Pfand für sie bezahlt, aber trotzdem welches kassiert."

Die beiden guckten sich betreten an. Es war ihnen natürlich klar, dass ich sie durchschaut hatte und sie sich nicht mehr herausreden konnten. Und im selben Augenblick tat es mir fast ein bisschen leid, dass ihr Geschäft geplatzt war.

„Und was wollen Sie jetzt machen?", fragte der erste

nach einer Weile.

Ich wollte großzügig sein, denn die beiden Jungen in ihrer Vernunft und Einsicht gefielen mir immer besser.

„Was schlagt ihr denn vor?", fragte ich also zurück.

Sie flüsterten eine Weile miteinander, während ich betont in eine andere Richtung guckte.

„Wir tun es nicht wieder!", sagten sie schließlich beide wie aus einem Mund.

„Gut", sagte ich, „aber Strafe muss sein! Habt ihr eine Idee?"

Wieder flüsterten sie miteinander. Dann sagte der zweite „Augenblick!" und verschwand im Gewühl der Marktbesucher. Der erste blieb bei mir stehen.

„Sind Sie ein Detektiv?", fragte er.

„Nein. Ich hab nur zufällig gesehen, wie ihr die Gläser geklaut habt. Ganz zufällig."

„Was haben Sie gesehen?"

„Na, deine Hand hab ich gesehen, wie sie von unten kam und zugriff."

Der Junge wurde still. Er schien nachzudenken, bis plötzlich ein spitzbübisches Grinsen auf seinem Gesicht erschien. Ich wollte ihn gerade fragen, was ihn so amüsiere, als der andere zurückkam. Mit einer großen Tüte Schmalzgebäck. Ganz frisch, ganz heiß und mit viel zu viel Puderzucker bestreut.

„Bitte!", sagte er und reichte mir die Tüte.

Zuerst zögerte ich, doch als die beiden mich anschauten wie zwei Unschuldslämmer, nahm ich die Tüte, steckte mir ein Gebäckstück in den Mund und bot den beiden auch etwas an. Sie griffen sofort zu, ein ums andere Mal. Und ich? Ich war froh, dass ich mich einigermaßen geschickt aus der Affäre gezogen hatte. Bis mir das letzte Stück Schmalzgebäck vor Schreck im Hals steckenblieb.

Was hatte ich da getan?

Aber da waren die beiden kleinen Gauner schon verschwunden.

Menschen zählen

Ich habe ein seltsames Hobby. Wer mich dabei beobachtet, zweifelt wahrscheinlich an meinem Verstand. Aber es unterhält mich. Es verkürzt mir den Weg. Und ich erlebe Überraschungen.

Dabei geht es um Folgendes: auf meinem Weg zur U-Bahn oder zurück will ich mir die Zeit verkürzen. Und so habe ich mir angewöhnt, auf einem bestimmten, genau begrenzten Straßenabschnitt die Menschen zu zählen. Nicht alle, sondern nur die, die mir entgegenkommen und die ich passiere. Egal, ob zu Fuß, auf dem Fahrrad oder im Auto. Auch in den Häusern, an denen ich vorübergehe. Mein Ziel dabei ist es, den bestehenden ‚Rekord' immer höher zu schrauben. Sie glauben gar nicht, wie spannend das ist. Inzwischen habe ich so viel Erfahrung, dass ich ganz genau weiß, welcher Wochentag, welche Tageszeit und welche Wetterbedingungen am ehesten einen neuen Rekord versprechen.

Seit einiger Zeit kommt es dabei auf jeden einzelnen an, denn der bestehende Rekord ist schon ziemlich hoch. Zählbar ist aber nur, wen ich als wirklichen Menschen erkenne. Es ist nämlich schon öfter vorgekommen, dass ich einen Schatten in einem Geschäft oder einer Wohnung mitgezählt habe. Erst, als er immer wieder an derselben Stelle zu sehen war, habe ich gemerkt, dass es kein Mensch war, der da saß, sondern dass es sich um etwas anderes handelte, eine Stehlampe zum Beispiel. Um meinen eigenen Rekord ernst zu nehmen und mich nicht selber zu betrügen, passe ich jetzt also immer genau auf. Und dabei ist mir der Mann aufgefallen, der sein ganzes Leben lang zur See gefahren ist.

Es war in der dunklen Jahreszeit, im Advent. Im Erdgeschoss eines Mehrfamilienhauses hatte ich im Halbdunkel seit Tagen immer wieder einen Schatten gesehen, bei dem ich mir nicht sicher war: Mensch oder kein Mensch? Ich versuchte zu erkennen, ob sich das ‚Objekt‘ bewegte. Ob es vielleicht einmal aufstand vom Sofa oder sich drehte oder sonst etwas. Aber ich war mir meiner Sache nicht sicher. Doch ich musste natürlich wissen, ob ich diesen unbeweglichen Schatten mitzählen durfte oder nicht.

Also ging ich eines Abends die paar Meter von der Straße bis zur Haustür und versuchte, so unauffällig wie möglich in das dunkle Zimmer hineinzugucken. Leider konnte ich von meinem Standort trotz einiger gewagter

Körperverrenkungen nichts Genaues erkennen, so dass ich den Zugangsweg zur Haustür verlassen und mich über den Stoppelrasen des Vorgartens bis direkt unter das Fenster bewegen musste. Als ich mich auf die Zehenspitzen stellte und dann langsam den Kopf hob, so hoch, dass ich gerade in das Zimmer hineinschauen konnte, erschrak ich. Da saß tatsächlich ein Mann auf dem Sofa. Ein älterer Mann. Er saß da, auf dem Tisch vor sich eine Flasche Bier, und rührte sich nicht. Was er tat, konnte ich nicht sehen. Ich glaube fast, er tat gar nichts. Ein Fernseher lief auch nicht.

Was war das für einer, der da so bewegungslos saß und rein gar nichts tat? Ich musste ja annehmen, dass das immer oder zumindest oft so war, denn es war ja seit Wochen dasselbe Bild. Es wurde mir ein bisschen unheimlich zumute…

Nach ein oder zwei Minuten spürte ich einen Schmerz im Rücken. Ich verließ also meinen Standort und stolperte über den Rasen zurück zur Haustür. Und beinahe hätte ich dabei eine alte Frau angerempelt, die mit einer Einkaufstasche vor der Haustür stand und mich offensichtlich beobachtet hatte.

Sie wich erschrocken einen halben Schritt vor mir zurück, was mich nicht wunderte. Denn sie musste mich natürlich für einen Einbrecher halten. Oder einen Spanner. Wer sonst stellt sich vor ein Fenster und starrt minutenlang in eine fremde Wohnung hinein?

„Was machen Sie da?", fragte sie, hielt ihre Einkaufstasche eng an sich gepresst und wich nochmals ein wenig zurück. Angst musste ich keine vor ihr haben, so wie sie da stand. Ganz im Gegenteil. Sie schien ihrerseits leicht zu zittern, und so weit ich im Dunkeln ihr Gesicht sehen konnte, war sie tief beunruhigt. Mein erster Gedanke war natürlich, alles zu erklären. Aber sollte ich ihr von meinem Hobby erzählen? Konnte ich erwarten, dass sie mir auch nur ein Wort glaubt?

Also versuchte ich es anders und sagte: „Ich hab mir Sorgen gemacht. Ich wohne um die Ecke, und jedes Mal, wenn ich hier vorbeikomme, sehe ich den Mann immer an derselben Stelle sitzen. Ohne Licht. Nicht mal eine Kerze. Man könnte ja denken …"

„Was könnte man denken?", entgegnete sie, „dass er tot ist?"

Jetzt guckte ich sie wohl meinerseits erschrocken an, was offenbar, wenn auch unbewusst, die richtige Reaktion war, denn sie lächelte zaghaft.

„Ist er alkoholkrank?", fragte ich.

„Ich glaube nicht", sagte sie. „Aber keiner im Haus weiß es. Er wohnt erst seit ein paar Wochen hier. Und er redet mit niemandem. Er grüßt mit einem Kopfnicken, aber mehr auch nicht."

„Und Sie wissen nicht, um wen es sich handelt?

Machen Sie sich denn keine Sorgen, so jemanden im Haus zu haben?"

Die Frau stellte ihre Einkaufstasche ab.

„Jetzt nicht mehr. Einer aus dem zweiten Stock hat mit dem Vermieter gesprochen. Der hat erzählt, dass der Mann sein Leben lang auf See war. Als Koch. Überall, in der ganzen Welt. Immer auf anderen Schiffen. Jetzt ist er wohl zu alt dazu und hat sich hier die Wohnung genommen. Wissen Sie was?"

Sie wurde beinahe zutraulich.

„Er hat nicht mal renoviert. Er hat nur ein paar alte Möbel reingestellt, und das war's."

„Und man kann überhaupt keinen Kontakt mit ihm aufnehmen?"

„Kaum. Er kommt ja fast nie raus aus seiner Wohnung. Und wenn, dann nickt er einem zu, mehr nicht."

Das Gespräch mit der Nachbarin ließ mir keine Ruhe. Überall bereiteten sich die Leute erwartungsvoll auf Weihnachten vor, und hier saß einer mutterseelenallein und rührte sich nicht. Weihnachtsbäume wurden an jeder Ecke verkauft. Lichterketten hingen an Balkongittern und in den Fenstern und leuchteten hell. Und zwischen all dem Kaufen und Schmücken und manch wirklicher Vorfreude saß jemand im Halbdunkel vor einer Flasche Bier. Musste man da etwas tun?

Es waren nur noch wenige Tagen bis Heiligabend. Und jedesmal, wenn ich an dem Haus mit dem Schiffskoch vorbeiging, stellte ich mir diese Frage: Muss man da nicht etwas tun?

Aber was?

Erst am Morgen des Heiligen Abends entschied ich mich. Es war noch dunkel, als ich mich auf den Weg zum Bahnhof machte, weil ich die Feiertage bei einem Freund im Süden verbringen wollte. Mit der einen Hand zog ich den Koffer hinter mir her, in der anderen hatte ich den Brief und einen Rest Paketband. Ein Brief war es eigentlich nicht, eher eine Ansichtskarte, die ich in einen Umschlag gesteckt hatte. Das Foto hatte ich in einer Schachtel mit alten Postkarten gefunden. Es zeigte den Hafen von Jakarta, wie er vor vielen, vielen Jahren ausgesehen hatte; auf der Rückseite stand auch nicht Jakarta, sondern Batavia. Das würde ihn vielleicht interessieren, dachte ich; in Indonesien war er als Seemann doch bestimmt auch einmal. Und dazu hatte ich nur ein paar Worte geschrieben: „Auch Ihnen frohe Weihnachten! Und ein gutes Neues Jahr!" ‚Auch Ihnen' dick unterstrichen. Und unterschrieben nur mit meinem Vornamen und meiner Festnetznummer.

Es war noch früh, er saß noch nicht auf seinem Platz. So konnte ich den Brief in Ruhe an die Fensterscheibe kleben. Sicher war ich mir meiner Sache nicht, aber etwas Besseres war mir nicht eingefallen.

Als ich zwei Wochen später zurückkam und an der Wohnung des Seemanns vorüberging, musste ich wieder daran denken. Der Brief hing nicht mehr am Fenster, und ich war plötzlich ganz gespannt darauf meinen Anrufbeantworter abzuhören: hatte sich der Mann vielleicht gemeldet?

Noch im Mantel ging ich zum Telefon. Und tatsächlich: unter den vielen Anrufen war einer, der es sein musste. Zuerst war ein paar Sekunden lang gar nichts zu hören, und dann sagte ein Männerstimme leise, aber doch gut zu verstehen: „Vielen Dank." Sonst nichts. Nur ‚vielen Dank'.

Es war wie ein verspätetes Weihnachtsgeschenk. Wie eine Erlaubnis, nun offiziell bei dem Seemann klingeln zu dürfen und auch willkommen zu sein. Doch bevor ich das in die Tat umsetzen konnte, geschah ein kleines Wunder. Denn nur zwei Tage nach meiner Rückkehr war das bewusste Zimmer plötzlich hell erleuchtet, und an einer Wand lehnte eine große Leiter. Ich musste zweimal hinsehen, weil ich meinen Augen zuerst nicht trauen wollte. Doch dann erschien plötzlich der Seemann, schaute nach oben zur Zimmerdecke und stieg dann langsam die Leiter empor, in der Hand einen Eimer und eine Rolle, wie man sie zum Anstreichen von Wänden verwendet. Das war genau zu erkennen, Irrtum ausgeschlossen.

Als ich verblüfft weiterging und meine Augen nicht abwenden konnte von dem, was ich da sah, hätte ich beinahe die Frau mit der Einkaufstasche angerempelt. Aber sie kannte mich ja schon und war nicht weiter überrascht. Anders als bei unserer ersten, ähnlichen Begegnung war sie auch nicht erschrocken. Im Gegenteil: sie lächelte mich sehr freundlich an, wie einen heimlichen Verbündeten.

Der besondere Gast

Silvester. Start in ein neues Jahr! Diesmal bei Maria und Jürgen.

Maria ist eine Betriebsnudel. Als sie in Rente geschickt wurde (freiwillig ist sie nicht gegangen), hat sie erst richtig aufgedreht: neues Telefonbuch mit doppelter Seitenzahl, zusätzliche ehrenamtliche Altenbetreuung, Vorstand im örtlichen Karnevalsverein und - endlich - der Umstieg von vegetarisch auf vegan.

Jürgen ist bedächtiger. Weitsichtiger. Vielmehr: er ist Bedenkenträger. Manchmal sogar ein Miesepeter. Z.B., als Maria dem Briefträger schon vor Silvester ein Scheinchen als Anerkennung für seine guten Dienste in die Hand drücken wollte. „Woher weißt du, ob er nächstes Jahr auch noch kommt?", hatte Jürgen sie gefragt. Und tatsächlich: der Briefträger wurde zum 1.1. in einen anderen Bezirk versetzt! „Siehst du!", sagte er voller Genugtuung über den gesparten Betrag, „hab ich geahnt."

„Meinst du, ob es nächstes Jahr einen 1. Januar gibt?", fragte Maria ihn wenige Tage vor Silvester.

Jürgen guckte sie an, als sei sie nicht ganz richtig im Kopf. „Selbstverständlich", sagte er. „Siehst du", sagte sie, „hab ich doch geahnt!"

Anders als erwartet verlief die Planung der Silvesterparty aber fast problemlos. Nur bei der Gästeliste trug Jürgen einige Bedenken. „Linda nicht!", forderte er, „die ist so zickig. Erst hockt sie bescheiden auf dem Sofa und macht einen guten Eindruck, und wenn sie ein paar Proseccos getrunken hat, wird sie unangenehm." – „Die Breuers? Die benehmen sich immer, als wären sie allein auf weiter Flur. Weißt du noch, wie er letztes Jahr beim Tanzen seine Flossen in ihren Hintern gekrallt hat? Baggerfahrer sind nichts dagegen!"

Maria, bereit zu Kompromissen, machte Striche in der Gästeliste.

„Und Volker?", fragte sie.

„Auf jeden Fall", beschied Jürgen, „Volker ist ein prima Kollege. Und hat keine Frau, das ist auch gut. Kommen sowieso zu viele. Aber auf den können wir uns verlassen."

Eine knappe Stunde vor Beginn der Party - von der Straße waren schon jetzt pausenlos Böller zu hören -, waren Maria und Jürgen ein bisschen müde. Erfahrene Gastgeber haben Verständnis dafür. Man fragt sich dann, warum man nicht einen schönen Mittagsschlaf gehalten, in Ruhe Kaffee getrunken, ein schönes Buch gelesen und sich dann langsam umgezogen hat, bevor man sich entspannt auf den Weg zu einer Party macht, die andere geben.

Stattdessen drängelten sich Maria und Jürgen im Badezimmer. „Hast du eigentlich den Sekt kaltgestellt?", fragte Jürgen. Maria putzte sich gerade die Zähne, zeigte aber mit dem Finger mehrmals hektisch auf Jürgen. „Was?", sagte der, „ich?" – Maria bejahte seine Frage mit einem sehr deutlichen Kopfnicken. Und genau in dem Augenblick …

… klingelte es.

„Wer ist das denn schon?"

Jürgen strich sich mit den Fingern durchs Haar, warf sich den Bademantel über und machte sich auf den Weg zur Tür. Maria stellte das Zähneputzen ein und horchte.

„Hallo! Komm rein!", hörte sie Jürgen laut rufen. Dann folgte ein kurzer, unverständlicher, aber offenbar sehr herzlicher Dialog. Und eine Minute später war Jürgen zurück im Badezimmer. Maria guckte ihn gespannt an, noch immer mit der Zahnbürste im Mund.

„Volker", sagte Jürgen, „wartet im Wohnzimmer."

„Aber er ist fast eine Stunde zu früh!", sagte Maria, „dein guter Kollege."

„Ja, ist ja schon gut!"

Maria legte aber nach. „Wenn er eine Frau hätte ..."

„Ja!", entgegnete ihr Jürgen nervös und unnötig laut, erschrak sich aber selber darüber und sagte deutlich leiser: „Ist eben so."

„Ist eben so!", bestätigte Maria, allerdings in einem anderen Tonfall.

Die Party wurde sehr, sehr schön. Als alle gegessen hatten - es gab Kartoffelsalat und Würstchen -, stellten sich Maria und Jürgen einträchtig nebeneinander auf. Jürgen tippte mit einem Löffel an sein Glas, hielt eine kurze Begrüßungsrede und sagte, dass sie sich (dabei zog er seine Maria ein wenig ruppig an sich) sehr gefreut hätten auf diesen Abend, und dass sie nun alle ein paar schöne Stunden miteinander verbringen würden.

Dann wurde getanzt.

Kurz vor Mitternacht schaltete Jürgen das Radio an. Maria ging mit einem riesigen Tablett herum und verteilte Sekt. Von der Straße her drang anschwellender Lärm ins Zimmer. Im Radio läuteten Glocken, und ein Sprecher zählte die letzten Sekunden des alten Jahres.

„Ein gutes neues!", schrieen dann alle durcheinander, stießen miteinander an oder küssten sich. Die Stones sangen „Satisfaction." Und dann gingen die Männer auf die Straße und zündeten ihre Raketen und

Böller.

Um halb eins gab es Berliner.

Und dann begann das neue Jahr ... normal zu werden.

Man saß zusammen und trank und unterhielt sich und guckte auf die Uhr. Halb zwei. Ein Paar verabschiedete sich, weil es noch eine lange Fahrt durch die Dunkelheit vor sich hatte. Ein anderes gähnte hinter vorgehaltener Hand, was nicht allen verborgen blieb. Doch Volker rettete die Situation. Er begann zu erzählen. Sein Thema ist immer dasselbe: Bogenschießen. Die meisten interessiert das nicht so, aber jetzt waren sie dankbar. Dankbar, dass sie einfach nur sitzen, an ihren Gläsern nippen und sich nicht anstrengen mussten. Schließlich waren sie alle ein bisschen erschöpft.

Nachdem sich ein weiteres Paar verabschiedet hatte – Volker hatte seinen Vortrag kurz unterbrochen –, stand er auf und demonstrierte die Fußstellung, auf die man beim Bogenschießen besonders achten muss.

Maria ging derweil in die Küche, füllte die Spülmaschine und stellte das Kurzprogramm an.

Zurück im Wohnzimmer – es war bereits halb drei – sah sie, wie Jürgen, der hinter Volkers Rücken saß, unauffällig auf seine Armbanduhr zeigte. Sie zuckte mit den Schultern. Volker unterbrach sich kurz

- war da etwas? – und verlegte sich jetzt mehr auf die Theorie des Bogenschießens. Es störte ihn nicht, dass sich nach und nach weitere Gäste unauffällig verabschiedeten. Einer von den männlichen, dem das alles zu lang wurde, fragte Volker provozierend, ob er das wunderbare Büchlein „ZEN in der Kunst des Bogenschießens" kenne. Das hätte er lieber nicht tun sollen. Denn Volker kannte das Büchlein, und er holte jetzt noch weiter aus. Erst als sich ein ganzer Schwung von Gästen auf einmal verabschiedete, kam er ins Stocken. Außer ihm, den Gastgebern und einem jüngeren Paar war zu seiner Verwunderung niemand mehr da.

„Wann fährt denn eigentlich mein nächster Zug?", fragte er Jürgen. Dankbar für diese schönste aller Fragen wischte Jürgen durch sein Smartphone und gab Auskunft. „Dann nehm ich den danach", kündigte Volker an. Sollte Jürgen ihn darauf hinweisen, dass die Züge nur noch im Stundenrhythmus fuhren? Zu spät: Volker hatte sich sein Glas wieder gefüllt, aber immerhin sein Thema abgeschlossen. Fröhlich sah er Maria und Jürgen an und ließ verlauten, dass er sich noch überraschend frisch fühle. Diese Bemerkung veranlasste das jüngere Paar auch zum Aufbruch.

Maria hatte sich erneut in die Küche verzogen. Sie war dankbar, dass sie die Spülmaschine ausräumen konnte. Sollte Volker doch sehen, was er mit dem prima Kollegen anfing. Aber dem fiel auch nichts Richtiges mehr ein. „Schön, dass wir morgen mal so richtig ausschlafen können!", sagte er und hoffte, damit einen deutlichen Hinweis zu geben. „Das lohnt doch gar nicht mehr!", entgegnete Volker und griff nach der Weinflasche.

Im selben Augenblick war aus der Küche das laute Klirren von Porzellan zu hören. Jürgen sprang sofort auf, auch Volker. Maria stand da und schaute auf die Scherben, die überall verstreut auf dem Küchenboden herumlagen.

„Scherben bringen Glück!", sagte Volker. Und als Jürgen ging, um einen Besen samt Kehrblech zu suchen, sagte er: „Ich glaub', ich mach mich jetzt auch mal auf den Weg. Ist bestimmt schöne Luft draußen."

Endlich, hätten Maria und Jürgen beinahe aufgeatmet. Aber sie wussten, dass jedes weitere Wort Anlass für ein neues Thema sein könnte. So hielten sie den Atem an, während Volker sich tatsächlich in seinen Mantel hüllte und zur Tür strebte. „Jetzt nicht noch!", dachte Jürgen. Aber Maria umarmte Volker geistesgegenwärtig, und während auch Jürgen ihn etwas freudlos an sich drückte, hatte Maria die Wohnungstür bereits weit geöffnet. „Schön, dass du dabei warst!", sagte sie. Und als die Tür hinter Volker ins Schloss fiel, sagte Jürgen: „Warst!"

„Und den scheußlichen Teller von Tante Jutta sind wir jetzt auch endlich los!", sagte Maria. „Das war die Gelegenheit!"

„Hast du ihn etwa …"

„Ja!", sagte Maria, „ich wollte ihn eigentlich schon lange loswerden."

Jürgen grinste:

„Passt auf beides!"